# Silberliebe

Ein humorvoller Liebesroman für Spätzünder

nach einer beinahe wahren Begebenheit

von Markus Westbrock

Silberliebe

Roman von Markus Westbrock

Alle Rechte liegen beim Autor.

Erstauflage 2024

Über den Autor:

Markus Westbrock wurde als Arbeiterkind am Rande des Ruhrgebiets geboren. Er wuchs mit einer ausgeprägten Vorliebe für Bücher und Computer auf. Nach dem Abitur studierte er zunächst Informatik in Dortmund, entschied sich dann aber, Deutsch und Englisch in Münster zu studieren. Nach dem erfolgreichen Grundstudium beendete er zwei kaufmännische Ausbildungen und war lange im Vertrieb verschiedener Branchen tätig. Inzwischen lebt er im Münsterland und erfreut sich an der deutschen Sprache und ihren Möglichkeiten.

Silberliebe ist sein erster Roman.

Für meine Tanzpartnerin

## 01: Behalte einen Plan für dich, dann kommt dir niemand dazwischen

Sie waren schon lange verheiratet, jedoch nicht miteinander.

Was für eine verrückte Idee: Da standen sie nun zu zweit im Wartebereich der Fähre, eng beieinander, so als wären sie schon ewig ein Paar. Er war groß, zu klein für sein Gewicht und immer bemüht, einen Anlass für einen witzigen oder geistreichen Kommentar zu finden. Sie war etwas kleiner, schlank und schaute sich gespannt die ungewohnte Umgebung an. Ein alltägliches Paar, beide in den besten Jahren. Sie kannten sich seit über 40 Jahren, waren früher länger miteinander gegangen, hatten dann in unterschiedlichen Städten studiert und sich schließlich in einer Zeit ohne Handys oder Internet komplett aus den Augen verloren.

Das Wiedersehen war gänzlich unerotisch in einem Einkaufszentrum vonstatten gegangen. Martin war mit seiner Ehefrau in der Innenstadt seiner alten Heimat unterwegs, als er plötzlich von einer mutmaßlich fremden Frau angesprochen wurde. Es dauerte einen Moment, bis er seine Ex-Freundin aus der Teenagerzeit wiedererkannte, obwohl sie sich kaum verändert zu haben schien.

»Martin?«, fragte Isabell vorsichtig und zupfte ihn am Ärmel. Er musste sich beherrschen, ihr nicht um den Hals zu fallen; sie waren beide nicht allein unterwegs. In Anbetracht ihres Sohnes und seiner Ehefrau war eher etwas Förmlichkeit angesagt. Nach einem harmlosen Wasmachst-Du-so- und Wie-geht-es-Dir-Geplänkel tauschte man die Handynummern aus und das war es dann auch. Jeder ging wieder seines Lebens.

War früher das Telefonieren die Vorbereitung für persönliche Treffen, lief es heutzutage eher über die Chatprogramme. Mit der Handynummer war also der Grundstein gelegt, wieder eine ganz und gar ungefährliche Fernbeziehung aufzunehmen. Soweit der harmlose Plan.

Die Themen im Chat waren von Beginn an sehr persönlich. Die Erinnerung an die gemeinsame Vergangenheit schaffte sofort eine Vertraulichkeit, für die eine neue Bekanntschaft Jahre gebraucht hätte. Mal ging es um Musik, mal um Literatur, um andere gemeinsame Bekannte von früher, um den letzten gemeinsamen Sex und am häufigsten ging es um das gemeinsame Tanzen. Sie hatten ein außergewöhnliches Paar auf der Tanzfläche abgegeben und waren sogar in die Formation der renommierten Tanzschule Schmidt aufgestiegen. Die wenigen Auftritte im Jahr waren stets Höhepunkte, doch auch die wöchentlichen Trainingsstunden waren immer wieder eine Herausforderung und zeigten ihnen, wie sehr sie sich aufeinander verlassen konnten. Inzwischen war das Jahrzehnte her.

Es dauerte einige Wochen im verschlüsselten Chat, bis ein so großer Teil des vergangenen Vertrauens wieder aufgebaut war, dass Martin sich traute, einen Vorstoß zu wagen …

## 02: Vertraue der Katze nicht, wenn Fisch auf der Speisekarte steht

Martin: Was hältst Du davon, wenn wir ein Wochenende suchen, an dem wir uns beide Zeit nehmen und uns in einem Hotel irgendwo treffen?

Isabell: Und uns danach beide scheiden lassen?

Martin: Ähm, das war jetzt kein Bestandteil meines Vorschlags.

Isabell: Wie sieht denn Dein Plan aus?

Martin: Natürlich jeder ein Einzelzimmer! Das macht sich besser auf der Rechnung, wenn die jemand findet und außerdem kann ich dann endlich mal fragen: Gehen wir zu Dir oder zu mir? *lol*

Isabell: Und was sagen unsere Ehepartner dazu?

Martin: Woher soll ich das wissen? Ich kenne ja die Hälfte unserer Ehepartner überhaupt nicht. Okay, war vielleicht nicht zu Ende gedacht, mein Vorschlag.

Isabell: Dann fasse ich ihn mal als Kompliment auf.

Martin: Nur als Kompliment? Leider langweilig. Welche Stadt mit Hotel in Deutschland würde Dich denn interessieren? Also rein hypothetisch natürlich.

Isabell: Kleine Orte am Meer, am besten mit Yachthäfen.

Martin: Eher Nordsee oder Ostsee?

Isabell: Ostsee, sie ist friedlicher und außerdem haut das Wasser da nicht regelmäßig ab.

Martin: Grömitz ist schön und hat ein 4-Sterne Hotel neben einem kleinen sehr guten Restaurant. Oder wie wäre es mit einer kleinen Kreuzfahrt?

Isabell: Du meinst es echt ernst, oder?

Martin: Selbstverständlich. Hypothesen werden doch manchmal auch bestätigt.

Isabell: Da sehe ich hohe Risiken. Wenn es zwischen uns gut klappt, dann will ich Dich vielleicht behalten – und wenn es nicht klappt, dann wird es keine schöne Zeit.

Martin: Ja, das Leben ist voller Risiken. Doch Du kennst das Sprichwort: No risk, no fun.

Isabell: Ich überlege es mir in Ruhe, ok?

Martin: Kein Problem, ich will Dich zu nichts drängen.

Isabell: Ich Dich jetzt auch nicht, doch vielleicht hinterher? Meinst Du, wir passen noch zueinander?

Martin: Nun ja, um das beurteilen zu können, sollten wir uns erst wieder besser kennenlernen, oder?

Isabell: Das ist wirklich ein netter Gedanke. So ein ganzes Wochenende zum Reden.

## 03: Wenn die Kinder zu ruhig sind, dann haben sie etwas angerichtet

Reden? Sicherlich auch. Vielleicht nicht nur. Das würde sich zeigen. Es war angerichtet: Isabell war für ihre Familie offiziell auf einer dreitägigen Dienstreise in Norwegen. Sie war Tiefbauingenieurin und es kam durchaus häufiger vor, dass ihr Arbeitgeber sie durch die Weltgeschichte jagte.

Martin hatte es als Handelsvertreter im Münsterland etwas schwieriger, einen tagelangen Auslandsaufenthalt seiner Familie gegenüber zu rechtfertigen. Deshalb war er auch gar nicht im Ausland, was seine Angehörigen anging. Er war angeblich auf einer Produktschulung irgendwo bei Hamburg, wo die Hauptverwaltung seines Auftraggebers ihren Sitz hatte. Bei Handyanrufen wurde der Standort des Anrufers schließlich nicht angezeigt.

Jetzt standen sie in der Schlange, um die Luxusfähre nach Oslo betreten zu können. Jeder hatte sein eigenes kleines Geschäftsköfferchen auf Rollen dabei, für drei Tage und zwei Nächte brauchten sie nicht viel, obwohl es im März noch empfindlich kühl in Nordeuropa werden konnte. Die Fähre der Colorline-Gesellschaft legte täglich um 14 Uhr in Kiel ab und am nächsten Tag um zehn Uhr in Oslo wieder an. Dort hatte man dann die Möglichkeit, entweder ein Hotelzimmer zu nehmen und ein paar Tage die hinreißende Stadt zu erkunden oder man kehrte nach nur vier Stunden auf die Fähre in dieselbe Kabine zurück und war am nächsten Tag um zehn Uhr wieder in Kiel. Mit den richtigen Angeboten war das ausgesprochen günstig. Außerdem hatte die Fähre ein echtes Erlebnisdeck wie auf einem Kreuzfahrtschiff. Dort gab es Läden, Kneipen, Restaurants, ein Casino und sogar eine Show-Lounge, in der es jeden Abend Live-Shows zu besuchen gab. Wie schon gesagt, es war angerichtet und nun setzte die Vorfreude bei den beiden richtig ein, denn die Schlange bewegte sich Richtung Schiffseingang.

Die Bordkarten hatten sie vorher an einem Automaten erhalten und kannten daher auch schon ihre Zimmernummern. Sie hatten tatsächlich zwei Kabinen mit Einzelbelegung gebucht und dass diese nebeneinander lagen, war der gleichzeitigen Buchung geschuldet und passte gut ins Konzept der Reise.

Für Martin war dies ungefähr die fünfte Reise nach Oslo und daher orientierte sich Isabell an ihm. Er erklärte ihr die Abläufe und die Laufwege. Das war für beide sehr angenehm.

Sobald sie an Bord waren, suchte er den richtigen Lift und sie kamen zügig an ihren Kabinen an. Jeder ging in seine eigene und sie nutzten die Zeit bis zum Erkunden des Schiffes, um auszupacken. Isabell brauchte etwas länger, denn sie erforschte erst einmal das ihr noch unbekannte Terrain. Die Meerblickkabinen hatten ein Bullauge, durch das die Gäste hinaussehen konnten. Sie starrte geistesabwesend auf das Wasser. Sie liebte das Meer, hatte deshalb sogar den Segelschein zur See gemacht. Nach ein paar Minuten wandte sie sich wieder dem Inneren des Raums zu. Es gab einen winzigen Schreibtisch mit Steckdosen und einem Regal, in das verschiedene Zeitschriften und Prospekte gelegt worden waren. Über dem Schreibtisch war ein großer Spiegel angebracht. An der anderen Längsseite gegenüber hing ein Fernseher, über den Satellitensender zu empfangen waren. Den Großteil der Kabine nahmen die beiden Betten ein, eines an jeder Seite. Es gab insgesamt drei Türen im Raum. Die Eingangstür war schwer und fiel automatisch ins Schloss. In dem winzigen Flur nach dem Eingang ging eine zweite nach rechts ab in das ebenfalls winzige Badezimmer, das trotz seiner Kleinheit alles zu bieten hatte, was diese Art von gekachelten Räumlichkeiten auch sonst so hergab.

Der dritte Zugang befand sich an derselben Wand wie das Badezimmer und war zwischen Fernseher und Bett positioniert. Außerdem wurde gerade jetzt genau an diese Tür geklopft. Isabell ging hin, betätigte den Öffnungsmechanismus und Martin stand strahlend vor ihr. »Zwei Kabinen, eine Verbindungstür!«, verkündete er wie ein Zauberkünstler, der gerade den Trick mit der halbierten Jungfrau seinem Publikum vorgeführt hat und fragte: »Bist du so weit?« Sie machte sich nicht die Mühe einer Antwort, drückte ihn stattdessen zurück in seine Kabine und schaute sich kurz um. »Wieso hast du ein Doppelbett und ich zwei einzelne?« – »Naja, Eltern- und Kinderkabinen nehme ich an. So können wir schlafen, wie wir wollen.« – »Na, dann mach es dir mal bequem in deinem Doppelbett. Ich hole dich ab, wenn ich fertig bin mit Auspacken.« Er seufzte: »Vielleicht könntest Du Dich damit etwas beeilen? Ich brauche jetzt dringend etwas zum Mittagessen!«

Das stimmte. Auch ihr Magen knurrte schon. Es war kurz vor 14 Uhr und sie hatten nach dem Frühstück noch nichts gegessen. Ihre Sachen einräumen konnte sie auch später. So viel Kleidung zum Wechseln hatte sie im Übrigen gar nicht dabei.

## 04: Der liebt mich auf die rechte Art, der mir den Bauch füllt

Isabell fragte, ob sie denn in dem italienischen Restaurant auf dem Promenadendeck essen gehen könnten, an dem sie auf dem Weg zu den Aufzügen vorbeigekommen waren, doch Martin hatte andere Pläne. Er nahm ihre Hand in seine und bat so darum, sie führen zu dürfen. Sie ließ es zu und sie gingen Hand in Hand zu einem der zahlreichen Aufzüge. Diesmal ging es nach ganz oben. Einige Augenblicke später standen sie an der Reling und als ob der Kapitän auf sie gewartet hatte, legte die riesige Fähre ab. Hier fühlte sich für Isabell alles richtig an: Die Seeluft, das Meer und Martins Hand, die immer noch in der ihren lag. Es war ein perfekter Moment.

Plötzlich waren sie so gut wie taub. Der Kapitän ließ das Schiffshorn ertönen. Nach der Schrecksekunde zog Martin sie in ein Restaurant, das direkt in der Mitte des Decks in einen riesigen Glaskasten gebaut worden war. Sobald die Tür schloss, war es schlagartig ruhiger und wärmer. Außerdem roch es nach frittiertem Essen.

Dies war offensichtlich ein Schnellimbiss. Hier gab es Burger, Pommes, sowie Fleischstücke und alles in einer bedeutenden Anzahl von Variationen. Sie bestellten beide ein Junior-Menü, weil selbst die Kinderportion eher zu viel als zu wenig war. Statt des Menüs erhielten sie nach der Bezahlung zunächst einen Summer, der losgehen sollte, wenn das Essen fertig wäre. Sie fanden einen Platz direkt an einer der Glasscheiben und hatten so immer noch einen guten

Ausblick auf das Wasser. Das Restaurant war noch nicht richtig voll, vermutlich packten die meisten Neuankömmlinge noch aus. Isabell dankte ihrem Gegenüber still, dass er sie so schnell hierhergeführt hatte.

Als der Summer losging, zuckten die beiden zusammen, als habe man sie gerade bei etwas Verbotenem erwischt – und irgendwie war das ja auch der Fall, nur erwischt hatte man sie eigentlich nicht.

Martin stand auf, holte die gut gefüllten Teller und brachte sogar Besteck und Servierten mit. Sie aßen ohne Eile und blickten immer wieder hinaus auf die ruhige See. Als sie beide gesättigt waren, legte Isabell ihre Hand demonstrativ mit der Innenseite nach oben in die Mitte des Tisches. Martin ließ sich nicht lange bitten und die beiden fanden wieder zueinander. Ihre Finger streichelten und liebkosten sich, als wären sie frisch verliebt – und vielleicht waren sie das auch.

Allmählich wurde es voller in dem Burgerladen und es wurde Zeit, den Tisch für andere Gäste freizumachen. So etwas spürt man als sensibler Mensch. Sie standen auf und gingen kurz noch eng verbunden zur Reling, bevor sie wieder in Richtung ihrer Kabinen zogen.

Dort angekommen verkündete Isabell: »Ich packe jetzt aus, und zwar allein. Ich komme rüber, wenn ich fertig bin.« – »Dann bis später, Chef!«, antwortete Martin schnörkellos und schloss seine Kabinentür. Ob das den gewünschten Effekt hatte, war fragwürdig, denn die Verbindungstür stand noch offen und so sahen die beiden sich sofort noch einmal wieder. »Ich leg mich jetzt hin, weck mich ruhig, falls ich schlafen sollte«, sagte er, zog sich bis auf die

Unterhose aus und legte sich auf eine Seite des Doppelbetts unter die Decke.

Isabell räumte nun endlich ihren Koffer aus, probierte sogar die Kaffeemaschine, die in jeder Unterkunft zu stehen schien und schaffte es schließlich, aus einer Kapsel einen durchaus annehmbaren Kaffee zu zaubern. Sie warf einen vorsichtigen Blick in den Nebenraum und hörte, wie Martin regelmäßig und nicht ganz leise atmete. Sie war trotz des Koffeins auch etwas müde von der stundenlangen Anfahrt nach Kiel und dem ungewohnten Fastfood zum Mittag. Sie zog Pulli und Hose aus und überlegte, wohin sie sich legen sollte. »Wer schläft, sündigt nicht«, hatte ihre Oma immer gesagt. Sie schlich sich hinüber und legte sich vorsichtig auf die freie Seite des Doppelbettes. Wenig später war auch sie eingeschlafen.

## 05: Zum Küssen braucht man mehr als einen Mund

Als sie wieder wach wurde, lag sie in der Löffelchen-Stellung mit Martin, der noch zu schlafen schien. Vorsichtig befreite sie sich aus der Umarmung, ohne ihn zu wecken und drehte sich zu ihm. »Wie unschuldig er im Schlaf aussieht«, dachte sie noch, als er unvermittelt die Augen aufschlug.

»Guten Morgen, Schatz, sind wir schon da?«, fragte er humorvoll wie immer. »Zum Glück noch nicht, sag mal, wann geht denn diese Show los, die im Reiseplan steht und wohin müssen wir dann?« Er warf einen schnellen Blick auf seine Uhr und sagte: »Da haben wir noch eineinhalb Stunden Zeit, um halb sieben geht das los. Genug Zeit für einen neuen ersten Kuss. Ich weiß nämlich nach all den Jahren gar nicht mehr, wie du schmeckst. Darf ich?« Ohne sich über eine Antwort Gedanken zu machen, küsste sie ihn und für beide blieb die Welt ein paar Augenblicke lang stehen.

»Und? Wie schmecke ich?«, fragte sie ihn neckisch. »Nach Kaffee. Machst du mir bitte auch einen?« Doch dazu sollte es nicht kommen. »Probiere lieber meinen noch mal!«, forderte sie lachend und sie küssten sich wieder. Diesmal blieben auch die Hände nicht untätig. Sie schmeckten und streichelten sich, wobei jeder darauf achtete, nicht zu weit zu gehen. So unerfahren, sofort alles zu wollen, waren 50-jährige nicht mehr. Vorfreude ist eben doch die schönste Freude und auf die kommende Nacht freuten sich beide schon ungemein.

Irgendwie schafften Isabell und Martin es, pünktlich vor der Show Lounge mit den anderen Gästen auf Einlass zu warten. Inzwischen hatte wohl kein Beobachter mehr einen Zweifel, dass es sich um ein Ehepaar handelte, bei dem die Chemie auch nach Jahrzehnten noch stimmte.

Sie wurden an ihren Platz geführt. Die Show Lounge war aufgebaut wie ein Lokal in den 1920ern, viele kleine Tische für bis zu vier Personen, rund um die Bühne und sich nach hinten erhöhend. Hier war es egal, wo man platziert wurde, die Sicht auf die Bühne war von überall gut. Doch zunächst kam die Kellnerin und brachte eine Getränkekarte, die es in sich hatte. Es gab so gut wie jeden bekannten Longdrink oder Cocktail, auch einige extravagante Sachen waren dabei. Die Auswahl fiel nicht leicht. Martin entschied sich für den Cocktail des Tages, der in schlumpfblau daherkam und erstaunlich erfrischend schmeckte. Isabell bestellte einen Baileys. »Gut, dass ich Baileys auch mag«, sagte Martin mit einem Zwinkern und gab Isabell einen kurzen Kuss.

Kaum war die intime Geschmacksprobe beendet, ging auch schon die Vorstellung los. Die Bühne war mit multimedialen Effekten ausgestattet und es konnten allerlei Bilder und Hintergründe per Computer erzeugt werden. Das Thema musste irgendetwas mit Italien zu tun haben, denn es kamen singende Pizzen auf die Bühne, was einigermaßen originell war. Die Pizza Tonno sang von Venedig und dem Meer, die Pizza Hawaii wurde von einigen italienischen Statisten von der Bühne gejagt und die Pizza Margarita kam als königliche Prinzessin daher. Alles wurde live gesungen und das Team verstand sich darauf, eine gute Show abzuliefern und an den richtigen Stellen das Publikum mit einzubinden.

Die Stunde verging wie im Flug und man wurde dazu angehalten, den Raum schnell wieder zu verlassen, weil die nächste Darbietung bereits direkt im Anschluss angesetzt war. Im Gegenzug durften die Getränke mitgenommen werden. Sie nahmen die beiden Gläser mit und gingen zu dem italienischen Restaurant, in das Isabell schon zum Mittagessen gehen wollte.

Nach einer sehr kurzen Wartezeit am Eingang des Mama Bella wurden sie an einen freien Zweiertisch geführt. Hier gab es keine Fensterfront, so dass jeder Platz innen lag. Optimale Voraussetzungen, sich vernünftig und ohne Ablenkung zu unterhalten. Sie nutzten die Gelegenheit, um die nächsten beiden Tage locker durchzuplanen, so dass sie jeweils wussten, was zu welcher Zeit möglich war. Das Frühstücksbuffet war gesetzt, um zehn Uhr von Bord gehen auch. Doch für die vier Stunden in Oslo gab es zwei Vorschläge von Martin, und Isabell wollte sich noch nicht festlegen. Entweder eine Schiffsrundfahrt durch den Oslo Fjord oder ein Spaziergang durch das neu gebaute Hafenviertel am Ufer entlang mit Geschäften und Museen. Es klang beides vielversprechend.

Sie verschoben die Entscheidung zunächst, denn Martin bot an, Isabell könne sich zunächst das Schiff für die Rundfahrt ansehen und dann spontan an Bord gehen oder an Land bleiben.

»Die Hafengegend Aker Brygge liegt fußläufig vom Anlieger. Da können wir immer noch hin«, stellte Martin klar.

Für den angebrochenen Abend war die Planung einfacher. Isabell wollte zunächst duschen und sich zurecht machen, bevor man dann in den irisch angehauchten »Monkey Pub« gehen wollte.

»Ich geh so lange ins Casino, hol mich doch da einfach ab, wenn du fertig bist.«

## 06: Beim Tanzen geht es nicht um die Außenwirkung

Als Isabell schließlich das Casino betrat, war es bereits nach zehn Uhr abends. Sie sah blendend aus, so wie sie von innen heraus zu strahlen schien. Martin hatte sie lange nicht so entspannt gesehen. »Du kommst gerade richtig, ich bin ein wenig im Plus«, sagte er und nahm seine Jetons vom Roulettetisch. »Du siehst bezaubernd aus«, stellte er fest, hielt ihr seinen Arm hin und fragte betont gestelzt: »Schönes Fräulein, darf ich wagen, Arm und Geleit ihr anzutragen?« – »Das kommt drauf an«, sagte sie und fragte nun ihrerseits: »Bist du Faust oder Mephisto?« – »Hm, gute Frage, Gretchen. Eine Mischung aus beidem, schätze ich. Ich bin ein Sünder auf der Suche nach der Wahrheit.«

Sie schlenderten etwas nachdenklich gemeinsam zum Pub und bekamen sofort einen Tisch, weil ein anderes Pärchen gerade gehen wollte. Sie setzten sich, bestellten zwei Guinness und unterhielten sich über die gemeinsame Vergangenheit.

In dem gut besuchten Lokal spielte eine 3-Mann Liveband, die abwechselnd bekannte Gassenhauer und irische Volkslieder anstimmte. Gelegentlich tanzten einige Gäste in der Mitte des Raumes, eine echte Tanzfläche gab es hier jedoch nicht. Isabell fand das nicht schlimm. Sie zerrte Martin in die Raummitte und nahm lateinamerikanische Tanzhaltung ein. Da man Cha-Cha-Cha auf fast jeden Disco-Takt tanzen kann, wusste er, was zu tun war. Außerdem war das Lied für einen Jive zu langsam.

Es war mehr als dreißig Jahre her, dass sie zusammen irgendwelche Schritte und Figuren gelernt hatten, doch der Körper hat so etwas wie ein Muskelgedächtnis. Nach einigen Grundschritten wurde ihr Tanz schnell komplexer. Drehungen und das ständige Öffnen und Schließen der Tanzhaltung sorgten dafür, dass sie bald viel Platz um sich herum hatten und zwangsweise im Mittelpunkt der Szenerie tanzten. Der Sänger unter den Musikern war schwer begeistert und animierte die anderen Gäste zum Mitmachen. So hatten sie die Kneipe bald in eine einzige Partyzone verwandelt. Das schien dem scheinbar eingespielten Paar nichts auszumachen. Nach wie vor hatten die beiden nur Augen für ihren Partner. Hier auf der Tanzfläche hatte Martin das Sagen, Isabell ließ sich führen und tanzte das, was er anzeigte. So wie früher. Ohne nachzudenken, einfach machen. Die Band spielte mehrere Lieder ohne Pause und nutzte die Stimmung gut aus. Irgendwann beendete Martin den Tanz, aus dem zwingenden Grund, dass seine Kondition aktuell nicht die Beste war. In seinem Beruf als Handelsvertreter eilte er zwar gelegentlich von einem Termin zum nächsten, jedoch selten zu Fuß oder im Laufschritt. Für Sport blieb schon lange keine Zeit mehr.

Isabell zeigte es nicht, doch auch sie freute sich über die Pause. Unter vereinzeltem Applaus der anderen Gäste gingen sie zu ihrem Tisch und tranken ihre Gläser aus. Dann schlichen sie sich förmlich aus der Bar und flanierten die Promenade entlang. Die Läden, die Bekleidung und Parfüm feilboten, ließen sie links liegen. »Ich glaube, ich bin durchgeschwitzt«, stellte Martin das Offensichtliche fest, »An Deck kann ich jetzt nicht, da hole ich mir den Tod.« – »Es ist eh spät genug, morgen früh erkunden wir das Frühstücksbuffett und dann wartet Oslo auf uns. Lass uns zur

Kabine zurückgehen«, schlug Isabell vor. Martin grinste breit. »Gehen wir zu mir oder zu dir?« Isabell nahm ihm gekonnt den Wind aus den Segeln: »Wir gehen zu uns.«

Aus purem Übermut nahmen sie die Treppen nach oben. »Duschst du immer noch morgens?«, fragte sie ihn. »Ja, sonst werde ich vor dem Frühstück nicht wach genug«, antwortete er vorsichtig, weil ihm nicht klar war, worauf sie hinauswollte. »Hm, dann duschst du heute besser zwei Mal, oder kostet das extra?« – »Nein, Wasser ist inklusive, auf dem Schiff und drum herum.«

Zwei Gänge und etliche nummerierte Türen weiter waren sie wieder vor ihren Kabinen. »Ich geh erst mal duschen«, verkündete Martin, als wäre es ein völlig neuer Gedanke. »Gute Idee! Ich mach mich auch kurz noch frisch.«

# 07: Irgendwo anzukommen ist nicht der Grund für eine Reise

Am nächsten Morgen waren sie nicht mehr ganz so sauber, dafür ausgesprochen glücklich. Die beiden Einzelbetten in der Kinderkabine waren noch unbenutzt. Ein echter Vorteil von zwei Kabinen war, dass zwei Nasszellen zur selben Zeit zur Verfügung standen. Sie konnten gleichzeitig ins Bad und kamen entgegen den verbreiteten Vorurteilen sogar zeitgleich heraus.

»So, liebe Gäste, aufgemerkt!«, sagte Martin in Reiseleiter-Manier, »Wir haben jetzt einen engen Zeitplan. Höchstens 90 Minuten fürs Frühstück, dann pünktlich von Bord, ein Taxi entführen und zur Hafenpromenade fahren lassen. Noch irgendwelche Fragen?« Er tat so, als müsste er eine große Gruppe überschauen. Isabell spielte mit und hob die Hand, um eine Frage zu stellen: »Brauchen wir eigentlich norwegisches Geld für das Taxi?« Martin lächelte zufrieden. »Gute Frage!«, lobte er sie. »Ich habe aus dem Geldautomaten vor dem Casino noch genügend Kronen dabei, falls das Kartenzahlungsgerät im Taxi ausfallen sollte. Der Kurs liegt ungefähr so, dass ein Euro ca. 11 Kronen wert ist. Also ganz grob die Kronen durch zehn teilen.« Isabell nickte dankbar für die Information und es ergaben sich keine weiteren Fragen an den Herrn Reiseleiter.

Im Grand Buffet Restaurant angekommen mussten beide ihre Bordkarte einlesen lassen und durften sich dann einen Tisch aussuchen. Die Fensterplätze waren alle vergeben, so dass sie sich für einen Tisch entschieden, der angenehm nah an den Gängen des Buffets lag. Es war ein normales Frühstücksbuffet wie in Hotels mit drei bis vier Sternen üblich, nur eben alles etwas größer und für mehr Gäste ausgelegt. Isabell fiel auf, dass es ungewohnt fischlastig war. Gab es in deutschen Hotels höchstens mal Lachs als Brotbelag, war hier ein ganzer Gang den Gaben des Meeres gewidmet. Da machte sich bemerkbar, dass die Muttergesellschaft der Fähre eine norwegische Firma war.

Als sie schließlich wieder am Tisch waren, hatte Isabell bestimmt zehn verschiedene Kleinigkeiten auf ihrem Teller, während Martin eher eine klassische Auswahl von Brötchen und Belägen gewählt hatte. Bevor sie noch einmal losgingen, um Getränke zu holen, berichtete Martin von seinen Frühstückserfahrungen an Bord: »Der Kaffee hier unten ist grausam. Ich nehme lieber Tee, da kann ich die Stärke selbst bestimmen.« – »Danke, ich versuche trotzdem den Kaffee, ich brauche das Koffein.« – »Okay, dann viel Glück! Du wirst es brauchen.« Sie gingen in unterschiedliche Richtungen davon und trafen sich nach zwei Minuten wieder am Platz. Endlich konnten sie sich setzen. »Deshalb finde ich Buffet-Restaurants eher suboptimal. Irgendeiner ist immer unterwegs und man kann kaum zusammen essen. Dagegen ist ein Bedienrestaurant viel angenehmer«, zeigte Martin sich mit der Gesamtsituation irgendwie unzufrieden. »Nun mach mal die gute Stimmung nicht kaputt und hefte Dir was an die Kauleiste. Hungrig warst du noch nie gut zu ertragen!« – »Treffer, versenkt!«, gab er zu und machte sich daran, sein Brötchen zu schmieren.

Der Kaffee war wirklich eher bescheiden, doch Isabell trank ihn tapfer auf. Den Erfolg gönnte sie Martin nicht. Sie wusste, dass sie ihn hin und wieder auf den Boden der Tatsachen zurückholen musste. Trotzdem nahm sie sich vor, am nächsten Morgen den Tee zu nehmen; nur eine gute Begründung wollte sie sich noch überlegen.

Die Atmosphäre im Grand Restaurant war eher von der Sorte westfälische Großkantine und so gab es keinen Grund, sich dort länger als nötig aufzuhalten. Es wurde immer voller und lauter und irgendwie auch hektischer. Bis zum Anlegen um zehn Uhr wollte jeder fertig werden.

Sie gingen noch kurz auf ihre Kabinen, um sich für den Landgang auszustatten. »Isabell, ganz wichtig: Wir sollten eine warme Jacke mitnehmen. Auf dem Ausflugsschiff ist es immer recht windig.« – »Ok, brauche ich sonst noch was, außer dem Üblichen?« – »Ausweis und Bordkarte, Kreditkarte und Geld. Handy, falls wir uns verlieren.« Sie prüfte die Taschen ihrer Hose und Jacke, war zufrieden und salutierte übermütig: »Alles da, Sir!« – »Gut, dann vergiss nicht das Wichtigste!« – »Und das wäre?«, fragte sie ratlos. »Ich meine mich!«, grinste er und hielt ihr die schwere Kabinentür auf. »Ich denk, dafür hab' ich das Handy...«, murmelte sie im Vorbeigehen. Das letzte Wort hatten sie beide gerne.

»Hey, nicht so schnell!«, rief Martin, der sich beeilen musste, wieder aufzuholen. »Wir nehmen die Treppe, nicht den Fahrstuhl«, teilte er Isabell mit. Sie dachte, es sei doch nun wirklich nicht der rechte Moment mit Konditionstraining anzufangen, doch als sie bei den Fahrstühlen vorbeikamen, verstand sie es. Es gab einen regelrechten Stau vom Schiffsausgang durch den breiten Korridor des Promenadendecks bis hinauf zu den Treppen. Wer jetzt mit dem Fahrstuhl herunterfuhr, konnte nach dem Öffnen der Tür nur darauf hoffen, dass ihn jemand aus der Schlange irgendwie vorließ. Da die Gäste mit Kinderwagen keine andere Wahl hatten, als die Aufzüge zu nutzen, war der Platz dort, wo sich die Türen unten öffneten, auch schon hoffnungslos überfüllt.

Sie gingen die Treppe hinunter und standen in Höhe des Buffet-Restaurants auf dem Flur. Da ging es nicht weiter. Verzweifelt sah Isabell Martin an. »Hey, das ist normal. Wenn die Schleuse gleich offen ist, geht alles ganz schnell. Die Bordkarte ist dein Ausweisersatz. Damit kommst du von Bord und auch nachher wieder drauf. Daher bitte gut auf das Ding aufpassen!« Er sprachs und schon liefen sie Richtung Ausgang.

Einige Offiziere standen rechts und links des Weges und verabschiedeten die Gäste. Vermutlich hatten sie auch Sicherheitsaufgaben wahrzunehmen. Am Zoll konnten sie einfach vorbei gehen, das Schiff war schon vorher von den Behörden aufgrund der Daten im Schiffsmanifest freigegeben worden. Standen sie gerade noch in einer riesigen Schlange, waren sie nun innerhalb von fünf Minuten am Taxistand. Wegen der Coronapandemie war der Beifahrersitz im Taxi gesperrt und sie saßen beide auf der Rückbank. Auf dem Schiff hatten sie keine Einschränkungen durch die Pandemie mehr wahrgenommen. Nirgendwo Maskenpflicht oder Tests. In den Taxis galt das scheinbar noch nicht. »Aker Brygge, please!«, wies Martin den Fahrer an. Der nickte, startete das Taxameter und fuhr einen großen Bogen, um das Hafengelände verlassen zu können.

## 08: Das Schiff, auf dem sich zwei Kapitäne befinden, geht unter

Eine knappe Viertelstunde später hielten sie an der Hafenpromenade. Martin bezahlte den Fahrer mithilfe seiner Smartwatch und beide stiegen aus. »So, nun nicht trödeln, auf zum Schiff und dann entscheidest du, ob wir aufsteigen oder nicht. Hier lang!«, trieb er Isabell an. Er kannte den Weg offensichtlich gut. Es gab drei Stege, die aufs Wasser hinausführten. Sie waren massiv gebaut und es gab sogar Gebäude in der Mitte, in denen Verkaufsstellen oder Lagerräume ihren Platz gefunden hatten.

Martin steuerte den mittleren Steg an, der »Rathausbrücke 3« hieß. »Hier vorne an der Bude gibt es die Tickets, doch wir können auch direkt an Bord welche kaufen. Da hinten links liegt das Schiff«, er blickte auf seine Uhr, »In acht Minuten geht es los. Bitte entscheiden Sie sich innerhalb dieser Spanne, junge Frau!« – »Das ist ja ein Segelschiff«, stellte Isabell freudig erstaunt fest. »Es hat auch einen Motor und den braucht es auch im Fjord. Ich schätze, die Segel kommen nur im Notfall zum Einsatz«, vermutete Martin. Isabell stand bereits auffordernd auf der Gangway zum Schiff. »Komm schon, ich geb' einen aus!«, strahlte sie ihn an. Er folgte brav und nahm sein Ticket aus ihrer Hand entgegen.

Jetzt im Frühjahr bei einstelligen Temperaturen war das Ausflugsboot, das gut und gerne achtzig Gästen Platz bot, nur zur Hälfte gefüllt. Sie hatten freie Platzwahl und nahmen einen der Tische an der Reling in der Bootsmitte.

»Mach es dir gemütlich, ich bin gleich wieder da«, sagte Martin und verschwand von der Bildfläche. Das Schiff legte schon ab und entfernte sich vom Anleger, als er wieder auftauchte. Er stellte zwei Tassen heiße Schokolade mit Sahne auf den Tisch und holte noch zwei Decken von den mittleren Bänken, die alle frei geblieben waren. Hatte er bisher fast immer gegenüber von ihr gesessen, nahm er jetzt neben ihr Platz und breitete eine Decke über die vier Beine. Die zweite Decke legte er neben sich mit dem irritierenden Hinweis: »Wenn das Wasser kommt.« Isabell schaute ihn einen Augenblick verwirrt an, tat ihm jedoch nicht den Gefallen, nachzufragen. Geduld war tatsächlich eine ihrer Stärken.

Er nahm sie in den Arm und zog sie an sich heran. Sie kuschelten sich so lange aneinander, bis sie es beide bequem hatten. Um sich mehr miteinander zu beschäftigen, gab es viel zu viel beeindruckende Natur zu sehen, die gelegentlich respektvoll von kleinen farbigen Holzhäusern unterbrochen wurde. Auf der anderen Seite konnten sie die Küste Oslos sehen, die komplett vom Menschen überplant und bebaut worden war, jedoch in einer Architektur, die modern und interessant wirkte. Vom Band gab es dazu etliche Informationen auf Englisch, was für beide kein Problem darstellte. Nach ungefähr einer Stunde verkündete der Kapitän, man werde nun den Oslo Fjord verlassen und ein Stück durch das offene Meer fahren, um dann einen anderen Eingang zurück in den Fjord zu nehmen.

Sobald das offene Meer erreicht war, gab es auf einmal Seegang. Martin nahm die zweite Decke und wickelte beide Oberkörper damit ein. »Jetzt wird es nasskalt!«, warnte er. So sollte es tatsächlich kommen. Hin und wieder und völlig ohne Vorwarnung oder Rhythmus spritzte salziges Wasser hoch und benetzte die Gäste. »In zehn Minuten wird es wieder ruhiger«, kündigte Martin an und beide waren froh, dass auch diese Prognose stimmte.

Der Kapitän drosselte die Geschwindigkeit wieder und es gab vereinzelt noch einige Erklärungen zu besonderen Gebäuden oder auch Inseln rechts oder links. Martin deutete mit dem Zeigefinger auf das linke Ufer, und als Isabell hinschaute, sah sie die Colorline-Fähre, mit der sie kürzlich in Oslo angekommen waren, am Terminal liegen. »Von außen sieht das Schiff noch größer aus als es von innen den Eindruck macht«, versuchte Isabell ihrem Erstaunen Ausdruck zu verleihen. »Ich weiß, was du meinst«, sagte Martin und wies darauf hin, dass das Schiff als Fähre eben auch ganze Decks für Autos und Lastkraftwagen bereithielt, die man innen so gut wie gar nicht wahrnähme.

»Gegen Ende der Fahrt gibt es weniger zu hören und sehen«, stellte Martin fest. »Das macht nichts, Hauptsache, das Meer ist nah!«, betonte Isabell ihre Vorliebe. Martin nickte, »Ja, reichlich Meer um uns herum. Was sollen wir gleich essen? Auf der Hafenpromenade gibt es jede Essensrichtung. Das Schiff fährt erst um 14 Uhr wieder ab, um Viertel vor müssen wir an Bord sein, wenn wir gleich anlegen, ist es ungefähr halb eins. Also eine ganze Stunde Zeit. Was darf's sein?« Isabell schaute Martin tief in die Augen. »Bist du sicher, dass wir pünktlich wieder zurück sind?«, fragte sie besorgt. »Nach meiner Erfahrung ja. Zumindest hat es bisher immer geklappt. Zum Terminal braucht ein Taxi fünfzehn Minuten. Vertrau mir, ich weiß, wovon ich rede«, versicherte er ihr.

Sie folgten dem Plan fast auf die Minute genau. Nach dem Anlegen liefen sie strammen Schrittes die knappen 400 Meter zum Anfang der Promenade. Martin zückte sein Handy und ging die Einträge seiner Karten-App durch.

Hier gab es ein riesiges Angebot an Lokalen: Gastro-Kneipen, Bistros, Steakhäuser, Italiener, Bäckereien, einen Starbucks, diverse Eisstände, zahlreiche Fischrestaurants und einen Asiaten. »Ich sehe kein mexikanisches Restaurant!«, neckte sie ihn. »Das Spiel kannst du mit jemandem machen, der dich nicht so gut kennt wie ich. Du magst doch sowieso nichts Scharfes!«, bremste er ihre gespielt vorgetragene Kritik. »Ach, deshalb stehe ich auf Dich«, murmelte sie mit leicht provokantem Unterton. Martin beschloss, die Spitze hinzunehmen und nicht weiter darauf einzugehen. »Also, was darf es sein, Gretchen? Italienisch und Burger hatten wir ja erst an Bord. Wie wäre es mit Steak?« – »Hmmm. Was ist mit Fisch?«, fragte sie. »Die gehören ins Meer!«, antwortete Martin und fügte leise hinzu »Und die können da bleiben!«.

»Schnick-Schnack-Schnuck?«, bot Isabell an und schüttelte bereits ihre Faust. Zustimmend stieg Martin mit seiner Hand in das Auf und Ab ein. »Schnick, schnack, schnuck«, riefen beide gleichzeitig und formten ihre Hände. Isabell hatte eine Faust geformt und Martin präsentierte eine gestreckte Hand. »Papier umwickelt den Stein«, sagte er und drückte mit seiner Hand zärtlich ihre harte Faust. »Die haben bestimmt Surf & Turf dort«, versuchte er, sie sofort wieder aufzumuntern.

## 09: Der Geradlinigkeit zwischen zwei Punkten mag durchaus die ein oder andere Kurve gut tun

Erst, als sie beim Steakhaus ankamen, hatte sie endlich ihre Faust aufgegeben und ihre Hände hielten einander locker fest. Wie in Norwegen üblich, gab es am Eingang ein Schild, das die Besucher bat, dort zu warten, bis ihnen jemand einen Platz zuweist. Das Restaurant war eher spärlich besucht, was Isabell erleichtert zur Kenntnis nahm, denn dann würde das Zubereiten der Speisen nicht so lange dauern.

Bald näherte sich eine hübsche, blonde Kellnerin und begrüßte sie. Sie sprach sie auf Deutsch an, und wollte wissen, ob die beiden Deutsche seien. Isabell nickte freundlich und fragte »Woran haben sie das erkannt?« – »Ihr Mann trägt eine Bordkarte der Fähre um den Hals. Ich nehme an, wir müssen uns etwas beeilen, weil sie gerne um halb zwei wieder ein Taxi nehmen wollen?« Wieder nickte Isabell. – »Gut, dann habe ich hier einen Tisch für zwei und um kurz vor halb zwei wird ein Taxi auf der Straße auf sie warten.« – »Das ist ja mal ein guter Service, junge Frau«, lobte Martin und machte der Kellnerin schöne Augen. Die ließ ihn kommentarlos abblitzen und wandte sich wieder Isabell zu: »Darf ich Ihnen jetzt die Speisenkarten bringen oder brauchen Sie noch etwas anderes?« Zum dritten Mal nickte Isabell. – »Gut, dann nehme ich die Getränke zusammen mit dem Essen auf«, sagte die Blonde und holte ihnen die Karten.

»Die steht wohl mehr auf Frauen?!«, wunderte Martin sich. – »Oder sie steht einfach nicht auf so plumpe Anmach-Versuche. Dir gelingt eben auch nicht alles.« – »Ich kriege schon wieder Hunger«, sagte Martin und deutete damit den Grund an, weshalb er erfolglos geblieben war. »Beeilen wir uns lieber.«

Sie bestellten zügig. Er bekam ein Filetsteak mit Bratkartoffeln und Speckbohnen. Sie entschied sich für einen großen Bauernsalat mit Lachs. »Nächstes Jahr gehen wir in ein Fischrestaurant. Und dann immer abwechselnd, einverstanden?«, schmiedete Martin ziemlich waghalsige Zukunftspläne. Isabell schaute schockiert. »Erst einmal müssen wir wieder heile zuhause ankommen und dann auch noch unsere Leben weiterleben. Ich weiß nicht, ob ich dich in einem Jahr überhaupt wiedersehen will oder ob ich dich für ein Jahr einfach wieder vergessen kann.« – »Diesmal nehme ich das als Kompliment«, erwiderte er in Erinnerung an den Chatverlauf.

Nachdem sie gezahlt und das Restaurant verlassen hatten, stand tatsächlich das versprochene Taxi dort. Sie stiegen ein und nannten ihr Ziel. Wie schon auf der Hinfahrt, saßen beide auf der Rückbank. Diesmal waren sie enger zusammengerückt und auf der Hauptstraße angekommen, als es nicht mehr so viel zu sehen gab, küssten sie sich anhaltend. Ein schroffer Fluch des Taxifahrers ließ sie besorgt voneinander ablassen. Sie schauten sich irritiert um. Vor ihnen war ein langer Verkehrsstau zu sehen, in circa hundert Meter Entfernung waren Blaulicht, Polizei und Krankenwagen zum Stehen gekommen. »Helicopter!«, sagte der Taxifahrer und deutete mit dem Zeigefinger schräg nach oben.

Offenbar war ein schwerer Unfall auf der Gegenfahrbahn passiert und nun hatte die Polizei die Straße komplett gesperrt, damit der Rettungshubschrauber landen konnte. Martin fragte den Fahrer, wie lange so etwas dauern könnte und bekam zur Antwort: »20–30 minutes.« Nach einigem Diskutieren hatten sie herausgefunden, dass es von ihrem Standort aus keine Alternativroute zum Anleger der Fähre gab.

In beiden dämmerte die Erkenntnis, dass sie die Fähre nicht mehr pünktlich erreichen konnten. »Naja, sehen wir es doch positiv«, sagte Martin, »da haben wir einen Tag mehr für uns. Ist doch auch was. Morgen fährt das nächste Schiff nach Kiel.« – »So einfach ist das nicht!«, schrie Isabell ihn beinahe an, »ich habe jetzt ein riesiges Problem.«

»Sind wir uns jetzt mal einig, dass wir aktuell nichts daran ändern können, dass wir erst morgen hier wegkommen?«, schob Martin ihr Problem zunächst einmal zur Seite. Isabell verdrehte ihre Augen, zuckte mit den Schultern und nickte dabei unzufrieden. »Dann sollten wir unsere nächsten Schritte in Ruhe planen, einverstanden?« Wieder nickte Isabell, diesmal ohne Schulterzucken.

Martin fragte den Fahrer, ob er auf der Gegenfahrbahn zurück in die Stadt fahren könnte. Der Taxifahrer schien froh darüber, überhaupt wieder fahren zu können und manövrierte sich durch die anderen stehenden Fahrzeuge, bis er eine Wende hinbekam. Da die Straße vierspurig war, gab es genug Platz und es kam ja nun auch kein Verkehr vom Unfall in Richtung Stadt. Als sie wieder fuhren, wollte der Fahrer wissen, wohin es gehen sollte. Martin las eine Adresse von seinem Handy ab. Der Fahrer nickte stumm.

Während der Fahrt hockte Isabell in der äußersten Ecke ihrer Seite und wirkte verzweifelt. Martins Versuche, sie wieder zu beruhigen oder aufzumuntern, blockte sie rigoros ab. Es blieb ihm nichts anderes übrig, als ihr Verhalten hinzunehmen und auf seiner Seite der Rückbank zu bleiben. Martin führte währenddessen ein Telefonat, von dem Isabell jedoch kaum etwas mitbekam, weil sie immer noch um Fassung rang.

Nach einigen Minuten hielt das Taxi an, um sie aussteigen zu lassen. Martin bat Isabell, kurz zu warten und ging zum Fahrerfenster des Taxis. Er beglich die Rechnung und unterhielt sich noch mit dem Fahrer. Dann reihte sich das Taxi wieder in den fließenden Verkehr ein.

## 10: Kein Musikstück kommt ohne eine Pause aus

»Komm, wir müssen einiges besprechen und planen«, kündigte Martin an und führte sie in das Gebäude, vor dem sie ausgestiegen waren. Im Flur wurden sie von einer Dame unbestimmten Alters begrüßt, die sie im Hard Rock Café Oslo willkommen hieß. Sie wurden an einen kleinen Tisch geführt und Isabell war nun vollends verwirrt. »Was machen wir hier?«, fragte sie ungeduldig. »Sollten wir nicht lieber in ein Einkaufszentrum und uns Klamotten und Zahnbürsten und so kaufen und ein Hotel suchen?« – »So ähnlich. Um das in Ruhe zu besprechen, sind wir hier«, sagte Martin beruhigend, »Im Taxi schienst du zu sehr mit dir selbst beschäftigt zu sein. Hier sind wir ungestört, können etwas trinken, haben Toiletten und sind zentral in Oslo. Zu Fuß können wir zwei Einkaufszentren und fünf Hotels erreichen.« – »Toiletten!«, wiederholte Isabell etwas schrill und verschwand in die ausgeschilderte Richtung.

Martin winkte dem Bediensteten und bestellte zwei Tassen Kaffee. Isabell erreichte indes die Waschräume, betrat einen der vier und verschloss die Tür. Sie nahm ihr Handy heraus und fing an, schnell zu tippen. Als Erstes suchte sie nach Direktflügen von Oslo nach Düsseldorf. Es gab zwar einen täglichen Flug einer norwegischen Linie, der jedoch am nächsten Tag später als die Fähre ging und eine stattliche Summe kostete. Sie verwarf den Gedanken schneller als er gekommen war, denn sie wollte die bevorstehende Zeit viel lieber gemeinsam mit Martin verbringen und sich jetzt nicht dem Stress aussetzen, vielleicht sogar allein die Strapazen eines Fluges auf sich zu nehmen. Abgesehen davon war die Fähre bereits bezahlt und neben dem Flug würde sie auch noch einen Mietwagen brauchen, um nach Hause zu kommen. Alles in allem erschien ihr der Aufwand nicht gerechtfertigt.

Als die Kaffeetassen gerade gebracht wurden, kam auch Isabell wieder zurück und bedankte sich für das »koffeinhaltige Heißgetränk«, wie sie es nannte. »So, jetzt geht es mir etwas besser, hast du schon einen Plan?«, fragte sie und erntete ein unsicheres Nicken. Martin sagte vorsichtig: »Geht so. Es hängt jetzt auch ein wenig vom Glück ab. Doch, alles in allem sieht es nicht so schlecht aus, wie es den Anschein hatte. Worum wir uns jetzt als erstes kümmern müssen, ist ein Zimmer. Darf ich ein Hotel aussuchen, oder möchtest du das übernehmen?« Isabell hob abwehrend die Hände, als sie sagte: »Mach ruhig. Du hast ja wahrscheinlich schon mal in Oslo übernachtet, und da auch nicht allein.«

Während Isabell sich an ihrem Kaffee festhielt und ihr Handy hin und wieder aktivierte, telefonierte Martin mit irgendeinem Hotel auf Englisch und buchte hoffentlich ein Zimmer. Sie wusste, dass er im Inneren nicht so cool war, wie er vorgab zu sein und bewunderte trotzdem, wie zielstrebig und lösungsorientiert er auf diese unerwartete Situation reagierte. Sie war froh, jetzt nicht allein in Oslo zu sein und musste sich auch noch um ihre eigenen Probleme in Deutschland kümmern. Sie legte ihr Telefon weg und konzentrierte sich auf die nahe Zukunft. Was fehlte jetzt alles? Zahnbürste, Zahnpasta, Bürste, Deo, Wattestäbchen, ein paar Klamotten zum Wechseln (vor allem Unterwäsche), ein Ladegerät und Ladekabel fürs Handy. Zum Geldautomaten wollte sie auch noch unbedingt. Wer wusste, was noch alles schief gehen konnte.

Der Klingelton von Martins Handy riss sie aus ihren Gedanken. »Deine Frau?«, fragte sie eine Spur zu sorgenvoll. Martin schüttelte den Kopf. »Eine norwegische Nummer«, sagte er und meldete sich auf Englisch.

»Great, I'll be there in a minute«, hörte sie ihn sagen, als er aufstand und ihr zuraunte: »Lauf nicht weg, ja?! Ich bin gleich wieder da.«

Sie fühlte sich überrumpelt, musste sich jedoch fügen, da die Getränke wahrscheinlich noch nicht bezahlt waren. Kellner werden skeptisch, wenn plötzlich alle Gäste eines Tisches mit offener Rechnung davonstürmen. Zur Ablenkung durchsuchte sie die Karte nach einem Snack. Sie fand einen und bestellte diesen.

Martin war schneller wieder am Tisch als der Snack. Er setzte sich und trank den Rest seines Kaffees. »Der muss doch schon kalt sein«, sagte Isabell abschätzig. »Geht so«, meinte Martin, »ich bin da im Büro Schlimmeres, sprich Kälteres, gewohnt. Wir können gleich zum Hotel rübergehen und das Zimmer beziehen. Ich habe die Schlüssel lieber schon in der Tasche, bevor wir einkaufen gehen.«

In diesem Moment brachte der Kellner ein großes Stück Käsekuchen mit Erdbeersauce und Schlagsahne. »Du hast schon wieder Hunger?«, fragte Martin mit gespieltem Entsetzen, »Ach, du hattest ja nur einen Salat im Restaurant.« Isabell bat den Kellner darum, den Kuchen zum Mitnehmen einzupacken und eine Gabel dazuzulegen. »Den kann ich auch auf dem Zimmer essen, hab' ich sowieso nur aus Langeweile und Einsamkeit bestellt.«

Sie beglichen die Rechnung und gingen zum Hotel, das wirklich nur fünf Minuten zu Fuß entfernt war. Auf dem Weg dorthin kamen sie auch an einem Geldautomaten vorbei, den beide nutzten, denn in Notsituationen ist eben nur Bares Wahres.

## 11: Das Schöne an einem Hotel ist, dass man nicht zuhause ist

Sie gingen zwar nebeneinander zum Hotel, jedoch nicht so vertraut wie noch vor ein paar Stunden. Isabell achtete darauf, etwas Abstand zu halten. Sie war noch ziemlich angespannt.

An der Rezeption gab es keine Schwierigkeiten, im Gegenteil, die junge Rezeptionistin wurde noch eine Spur entgegenkommender, als sie Martin als denjenigen identifizierte, der erst vor ein paar Minuten angerufen hatte. Sie fragte auf Englisch, ob sie Tee oder Kaffee aufs Zimmer bringen lassen sollte, natürlich auf Kosten des Hauses, weil er und »seine liebe Frau« nun die Fähre verpasst hatten. »Das wäre großartig«, sagte Martin und Isabell ergänzte: »Tee, bitte.«

Das Zimmer lag im zweiten Stock. Sie nahmen die Treppen nach oben, denn Gepäck hatten sie ja keins. »Du musst nun ganz tapfer sein«, sagte Martin zu Isabell, als ob er mit einem kleinen Kind spräche. »Mir ist schon klar, dass wir diesmal nur ein Doppelzimmer haben und nicht zwei Einzelzimmer«, sagte Isabell schnell und ohne Verärgerung. »Trotzdem musst du nun ganz tapfer sein und dich von einem Teil deiner Probleme hier an der Tür verabschieden«, bestand Martin auf seiner Aussage. »Was weißt du schon von meinen Problemen?«, fragte sie ihn diesmal etwas verärgert. »Nur, dass du jetzt weniger hast«, kündigte er an und öffnete endlich die Zimmertür. Galant hielt er die Tür offen, deutete ihr mit der Hand, einzutreten. »Bitte sehr, meine liebe Frau«, zitierte er kindisch kichernd die Rezeptionistin. Isabell ignorierte ihn so gut sie konnte, ging hinein und konnte ihren Augen kaum trauen.

»Wie hast du? – Was ist – woher sind«, stammelte sie. – »Im ganzen Satz?«, fragte Martin und schloss sie von hinten in die Arme. Sie ließ es zwar zu, erwiderte jedoch seinen zarten Druck nicht. Sie nahm den Blick nicht von ihrem Koffer, der neben dem Bett am Fenster stand. Martins Koffer stand auf der anderen Seite des Bettes.

»Was bisher geschah«, sagte Martin im Tonfall eines Fernsehsprechers, »Ich habe aus dem Taxi im Stau bereits das Büro der Fähre angerufen und das Gepäck mit dem Hinweis auf medizinische Notwendigkeit aus den Kabinen holen lassen. Sie hatten dazu nicht sehr viel Zeit, daher kann es sein, dass sie nicht alles zusammengepackt haben. Als wir dann am Hard Rock Café ankamen, habe ich den Taxifahrer nicht nur für die Fahrt bezahlt, sondern auch für die Strecke zum Ableger der Fähre, wo unser Gepäck an Land gebracht worden war und zurück in die Stadt. Natürlich mit ordentlich Trinkgeld, damit es auch klappt. Als er dann wieder am Café war, hatte ich ja gerade das Hotel gebucht und konnte ihn dorthin schicken und das Gepäck aufs Zimmer bringen lassen. Genau genommen hätten wir da schon mitfahren können, doch ich dachte, ein Spaziergang könnte beruhigend auf dich wirken.«

Sie drehte sich in seinen Armen um und küsste ihn kurz, bevor sie sich von ihm löste. »Dann mach ich mal Inventur«, sagte sie, legte die Tüte mit dem Käsekuchen, die sie immer noch um das Handgelenk trug, auf dem Schreibtisch ab, nahm ihren Koffer und legte ihn aufs Bett. Sie öffnete ihn, griff als erstes nach dem Ladegerät ihres Handys und schloss es an der Steckdose auf dem Schreibtisch des Zimmers an.

Auch Martin hievte seinen Koffer auf seine Seite des Doppelbettes und öffnete ihn. »Gott sei Dank!«, sagte er und hielt eine Medikamentenbox hoch, »Ohne meine Drogen wäre es ziemlich heftig geworden. Ist dein Pillendöschen auch da?« – »Ja, das habe ich immer an der Frau, sozusagen.« – »Gut, dann ist ja wenigstens die Nacht gerettet, oder wie siehst du das?«, fühlte er vorsichtig vor. Es gab eine unbehagliche Pause, während Isabell versuchte, sich über ihre Gefühle klarzuwerden.

»Das entscheiden wir besser spontan. Lass uns das mal von unserer Stimmung heute Nacht abhängig machen«, vertröstete sie ihn. So, wie dieser Tag bisher verlief, wollte sie sich einfach noch nicht festlegen. Wer konnte schon wissen, was noch alles passieren würde.

Sie packten nun in Ruhe aus und auf den ersten Blick fehlte nichts Wichtiges. Die Kulturtaschen waren eingepackt worden und außerdem hatte das Hotel auch alles Notwendige im Bad bereitgestellt. »Hast du etwas gegen eine Pause einzuwenden?«, fragte Martin, der an seinen Mittagsschlaf gewöhnt war und diesen nun zum zweiten Mal in Folge verpasst hatte. »Gerne, mir tun die Füße weh und ich muss mal in Ruhe nachdenken«, antwortete Isabell. Sie legten sich beide auf ihre Seiten des Doppelbetts, er auf das Bett zur Tür und sie auf das an der Fensterseite.

Nach einer kurzen Schweigeminute brach Martin die Stille: »Magst du mir mal erzählen, wo dein Problem liegt, wenn wir einen Tag Verspätung haben?« – Isabell antwortete langsam: »Nicht direkt. Sag mir erst mal, wie du dir die

Zukunft so vorstellst. Wie soll das denn deiner Meinung nach so weitergehen mit uns und unseren Familien?«

Martin schluckte. Damit hatte er zu diesem Zeitpunkt nicht gerechnet. Er holte tief Luft und ließ sie geräuschvoll entweichen. »Puh! Du nennst den Elefanten im Raum auch immer noch sofort beim Namen, oder? Also gut, ich kann da natürlich nur für mich sprechen. Ich finde, wenn wir beide mit unseren staatlich angetrauten Ehepartnern eine gut funktionierende Ehe hätten, lägen wir beide jetzt nicht irgendwo in Oslo zusammen in einem Bett. Deshalb wollte ich dich gerne noch einmal neu kennenlernen, sozusagen, um zu sehen, ob wir vielleicht besser zusammenpassen. Das braucht sicherlich noch etwas mehr Zeit, die wir zusammen verbringen sollten und ich finde doch, dass wir da auf einem guten Weg sind. Ich möchte – so wie es jetzt aussieht – gerne mit dir zusammen sein. Das soll dich jetzt nicht unter Druck setzen, das auch so zu sehen; ich habe nur deine Frage aus meiner Sicht beantwortet. Jetzt bist du dran.«

Auch Isabell musste schlucken und tief Luft holen. »Für mich ist das schwieriger. Deine Tochter ist ja schon aus dem Haus. Meine beiden zum Glück so gut wie erwachsenen Söhne wohnen noch zuhause, da bedeutet Familie mehr als nur mein Mann Thomas und ich. Was die Beziehung angeht, hast du natürlich recht. Wir haben uns auseinandergelebt und nach der Geburt der Kinder waren wir nur noch arbeiten und für die Kinder da. Da mussten wir im Alltag einfach gut funktionieren, ohne an uns selbst zu denken oder gar an unserer Beziehung zu arbeiten. Wenn es nur um Thomas und mich ginge, dann würde ich den Schritt wohl wagen. Wie das jetzt mit meinen beiden Söhnen ist, muss ich noch länger durchdenken und planen. Das ist komplizierter als bei dir.«

»Ja, das verstehe ich. Uns hetzt ja keiner. Solange wir uns hin und wieder mal treffen können, um gemeinsam einiges zu erleben, komme ich damit zurecht, sozusagen auf dich zu warten. Du müsstest mir nur versprechen, dass du mir sagst, falls eine gemeinsame Zukunft für dich nicht mehr der Plan ist«, bat Martin. »Ist doch selbstverständlich«, sagte Isabell und nahm seine Hand. So schliefen sie einander zugewandt Hand in Hand und irgendwie beruhigt ein.

Martin wachte zuerst auf und ärgerte sich, dass er nicht noch auf ihr Problem zu sprechen gekommen war. Er hatte sich so sehr auf ihre Zukunftsplanung eingelassen, dass er seine Ausgangsfrage aus den Augen verloren hatte. Da Isabell noch schlief, rollte sich Martin vorsichtig aus dem Bett, nahm seine Kulturtasche und frische Kleidung und ging ins Badezimmer, das viel geräumiger war als auf dem Schiff. Er zog sich aus und ging duschen, am zweiten Tag in Folge zum zweiten Mal.

## 12: Meistens kommt es anders, wenn man denkt

Als er frisch geduscht aus dem Bad kam, schlief Isabell immer noch. Er nahm sein Handy und machte ein Foto von ihr. Sie sah so schön unbesorgt aus; das gefiel ihm. Dann kramte er nach seinem iPad im Koffer und traf eine Entscheidung für den gemeinsamen Abend. Er beschloss, Isabell erst auf der Heimfahrt auf dem Schiff zu fragen, warum sie ein so großes Problem mit der Verspätung hatte. Er wollte die Aussicht auf einen romantischen Oslo-Aufenthalt nicht verderben. Er liebte Vorfreude, auch wenn seine Lebenserfahrung ihn lehrte, dass die Vorfreude auf ein Ereignis häufig schöner war, als das Ereignis zu durchleben.

Martin nahm eine der beiden Karten, die als Zimmerschlüssel dienten, und verließ leise den Raum. Das Zimmer lag zwar zur Straße, doch die Fenster waren mehrfach verglast und schallisoliert, so dass kein Geräusch von draußen Isabells Schlaf störte. Auch das Klopfen an der Zimmertür drang nicht in ihr Bewusstsein vor. Erst als die Zimmertür von außen geöffnet wurde und ein Bediensteter ein Tablett hereintrug und auf dem Schreibtisch platzierte, wurde sie langsam wach und kämpfte sich von der Traumwelt in die unangenehmere Realität. Der Angestellte war schon wieder gegangen.

Der Schlafplatz neben ihr war leer, womit sie überhaupt nicht gerechnet hatte. Sie sah sich um. Die Badezimmertür stand offen und sie konnte über einen Spiegel, der an der Schranktür in dem kleinen Flur angebracht war, ins Bad sehen. Martin war weg. Sie stand langsam auf und ihr erster Weg führte sie ins Bad. Als sie ihr inzwischen geladenes Handy vom Schreibtisch des Zimmers nahm, sah sie, dass eine Schlüsselkarte fehlte. Auf der Toilette sitzend, zückte sie ihr Handy und lächelte zum ersten Mal, seit sie wach geworden war.

Sie hatte eine Nachricht.

```
Martin: Hey Isi, ich bin nur mal kurz unten
im Foyer, um etwas zu organisieren. Komme
später wieder hoch. Lauf auch diesmal bitte
nicht weg! :-)
```

Isi. – Wie lange sie keiner mehr so genannt hatte. Das war ihr Spitzname zu Tanzschulzeiten gewesen. Ihr Mann Thomas und ihre gemeinsamen Bekannten nannten sie Bella.

Sie verließ das Bad und setzte sich auf den Sessel vor dem Schreibtisch. Das Tablett war mit einem Wasserkocher voll heißen Wassers, Tassen und verschiedenen Teebeutelsorten gefüllt. Sie bereitete sich einen Darjeeling zu und entdeckte den Käsekuchen wieder. Tee und Kuchen erfüllten ihren Zweck und Isabell hatte das Gefühl, wieder klarer denken zu können.

Solange Isabell allein war, konnte sie einiges regeln; sie wollte endlich wieder den Moment genießen können. Sie nahm ihr Telefon und wählte einen Kontakteintrag aus. Aus dem Hörer kam das Klingelzeichen.

»Hi, ich bin's. Du, ich habe hier in Oslo ein Problem: Ich werde erst morgen hier wegkommen und daher erst übermorgen wieder in Deutschland sein und kann morgen Abend nicht mitkommen.« – Sie wartete die Antwort ab.

»Ja, das ist gut. Meinst du denn, sie hat Zeit?« – Kleine Pause. – »Okay, dann wünsche ich Euch viel Spaß! Super, bis übermorgen!«

Sie trennte die Verbindung und war so perplex, dass sie eine ganze Minute in den Spiegel sah, ohne sich zu sehen. Sie versuchte zu begreifen, was gerade passiert war. Sie musste nachdenken. Sie bereitete sich einen zweiten Tee zu und ging dorthin, wo sie nach ihrer Erfahrung am besten nachdenken konnte.

Etwas später öffnete Martin die Zimmertür und schloss sie bewusst leise, vielleicht schlief Isabell ja noch? Er ging einige Schritte in den Raum hinein und wurde eines Besseren belehrt. Das Bett war leer. Einen kurzen Moment lang war er irritiert, bis ihn der Anblick ihrer Jacke an der Garderobe beruhigte. Die Badezimmertür war geschlossen. Er ging vor die Tür und klopfte vorsichtig an. Er rief: »Isi? Bist du da drin?« – »Es ist offen, komm rein!«, antwortete sie laut. Martin zögerte. »Ich kann auch hier auf dich warten«, bot er an. »Komm rein, ich bin nicht auf dem Klo«, stellte sie klar und Martin öffnete langsam die Tür.

Er betrat den Raum, der großzügig im Vergleich zum Bad auf der Fähre und klein im Vergleich zum restlichen Hotelzimmer war. In Ermangelung einer anderen Sitzgelegenheit setzte er sich auf die geschlossene Toilette. Er schaute die badende Isabell an und schwieg. Er genoss den Moment, den Anblick, die Schönheit des Badeschaums auf ihrer hellen Haut. Trotz allem war es ein sittsamer Augenblick, denn bis auf den Kopf, die Arme und ihre Knie blieb ihr Körper unter der Schaumdecke des Wassers verborgen. Sie schauten sich eine Zeit lang einfach nur tief in die Augen.

»Ich musste nachdenken«, brach Isabell den Moment der Verbundenheit. »Worüber denn?«, fragte Martin unschuldig. Sie nahm die Teetasse vom breiten Rand der Badewanne und trank einen Schluck, bevor sie mit verklärtem Blick antwortete: »Weißt du noch, wie wir in den Urlaubsparks immer am letzten Abend gemeinsam gebadet haben und dabei den kompletten Gratis-Satz an Badezusätzen auf einmal ins Wasser gekippt haben?« – »Ja, natürlich, diese Schaumschlachten sind genauso unvergesslich wie die anschließenden Rollenspiele«, schwelgte er in der gemeinsamen Erinnerung. Sie waren als Teenager-Pärchen häufig zusammen in diese Urlaubsparks gefahren, um dort ein paar ereignisreiche Tage und aufregende Nächte zu erleben. Damals erschien ihnen die Welt doch irgendwie einfacher.

»Soll ich noch ein paar Fläschchen Schaumbad von der Rezeption holen?«, fragte Martin nicht ganz ernst. »Nein«, sagte Isabell bestimmend und hielt Martin ihre Hand hin »hier fehlt mir eher eine andere Zutat.« – »Hmmm«, verzögerte Martin seine Antwort, »als Ingenieurin weißt du doch vermutlich um das archimedische Prinzip? Im Badezimmer eines eigenen Hauses im Park war uns das viele Wasser auf dem Boden egal und bis zur Abreise getrocknet. Hier haben wir andere Zimmer unter uns.«

»Ich könnte die Wassermenge reduzieren«, bot Isabell an und zog den Stöpsel. Der Wasserspiegel sank schnell und entblößte ihre Brüste. Nun brach Martins Widerstand endgültig. Er verließ das Bad, verriegelte schnell die Hotelzimmertür von innen, zog sich aus, wobei er seine Sachen achtlos auf das Bett warf, und stellte sein Handy, das er auf den Schreibtisch legte, auf lautlos. Dann ging er zurück ins Bad und schloss die Tür hinter sich.

Ein Schaumbad und zwei Höhepunkte später wurde die Badezimmertür wieder geöffnet und Martin kam heraus. Draußen war es bereits dunkel, weshalb er die Vorhänge zuzog, bevor er das Licht anmachte, damit er sich wieder anziehen konnte. Isabell würde noch einige Minuten für ihre Haare brauchen.

»Wollen wir den geschenkten Abend in Oslo nutzen, indem wir rausgehen und was erleben, oder möchtest du lieber eine ruhige Kugel hier im Hotel schieben?«, fragte Martin, ohne eine bestimmte Antwort zu erwarten. Isabell gelang es trotzdem, ihn zu überraschen. »Ich will etwas mit dir gemeinsam erleben! Lass uns die Zeit nutzen, damit wir uns mehr über uns im Klaren werden«, rief sie, um den Föhn zu übertönen.

Martin lächelte zufrieden und tippte etwas in sein Handy. Ohne es zu wissen, tat Isabell das Gleiche.

## 13: Das Dreieck ist die einfachste geometrische Figur

Thomas lächelte, als sein Smartphone »Ain't no sunshine, when she's gone« spielte. Er hatte diesen Klingelton für drei seiner weiblichen Bekanntschaften eingestellt, so dass er, ohne aufs Handy zu sehen, niemals genau wissen konnte, wer gerade anrief. Aktuell rechnete er jedoch am ehesten mit einem Anruf seiner Frau, die auf einer Geschäftsreise im Ausland war. Glücklicherweise hatte er sich als Ingenieur als wenig kreativ in der Wahl von Kosenamen erwiesen; das kam ihm nun zugute. Egal, wer am Telefon war, »Schatz« konnte er alle drei nennen.

Er nahm den Anruf an und sagte: »Hallo Schatz!« – Es ergab sich eine längere Pause auf seiner Seite, bis er antwortete: »Arbeit geht immer vor, das kennen wir doch beide nicht anders. Ich kann ja Bianca von der Arbeit fragen, sie war sowieso schon ganz neidisch, weil sie keine Karten für das Konzert bekommen hat, wo sie die Band doch seit ihrer Jugend so liebt.« – Wieder sagte seine Gesprächspartnerin etwas, bis er abermals dran war: »Das lässt sie sich bestimmt nicht entgehen.« – Kleine Pause – Abschiedsfloskel – Aufgelegt.

Er lächelte immer noch, doch diesmal breiter als eine Minute zuvor. »Läuft!«, dachte er, tippte auf seinem Telefon herum und wählte eine andere der drei Frauen aus. »Hi, Schatz! Gute Nachricht! Das klappt nun doch auch mit morgen Nacht. Also heute bei dir und morgen bei mir, ok?« Als er auflegte, schien das Gespräch den gewünschten Verlauf genommen zu haben.

»So, und nun noch die Hübscheste von den Dreien«, dachte er und stellte ein letztes Mal eine Verbindung zu einer Frau her, die er ebenfalls »Schatz« nannte. Genau genommen unterschied sich seine Beziehung zu Bianca erheblich von der zu den anderen beiden. Er betrachtete sie als beste Freundin und war sich sicher, dass sie deutlich zu anstrengend war, als dass sich eine Liebesbeziehung zu ihr lohnen könnte. Sie war nicht zufrieden, wenn nicht alle fünf Minuten irgendwo eine Bombe explodierte. Sie hatten sich früher – kurz vor seiner Ehe – auf eine Freundschaft Plus geeinigt und das auch eine Zeit lang durchgehalten. Der sexuelle Reiz, den sie naturgegeben ausstrahlte, hatte ihn viel länger fasziniert, als er es anfangs erwartet hatte. Sogar, nachdem er eine feste Beziehung mit seiner zukünftigen Frau eingegangen war, hatte er noch von Biancas nun verbotenen Früchten gekostet.

Erst, als nach einer außer Kontrolle geratenen Weihnachtsfeier auch in der Firma über sie getratscht wurde und Isabell schließlich Anzeichen von Eifersucht zeigte, setzte er sich durch und beendete die besonderen Vorzüge seiner Freundschaft mit Bianca. Scharf fand er sie jedoch immer noch. Sehr selten, jedoch nie in der Öffentlichkeit, sondern nur, wenn sie allein und hundertprozentig ungestört waren, konnten sie nicht die Finger voneinander lassen. Das waren dann kurze und heftige Begegnungen, die keiner von beiden ganz missen wollte. Kurioserweise waren die schönsten Erlebnisse die, wenn einer von ihnen zum anderen kam, weil er seinen besten Freund brauchte und Trost suchte. Der Trost wurde dann auch auf einer tieferen Ebene gespendet.

Das Freizeichen im Hörer wurde beendet und Bianca begrüßte ihn wie unter Arbeitskollegen üblich: »Thomas, bist du schon wieder zuhause auf dem Sonnendeck?« – »Ja, ich baue mal zwei, drei Überstunden ab. Ich bin doch allein, da muss ich den ganzen Haushalt machen.« – »Ach ja, dein Anhängsel ist ja noch unterwegs. Soll ich dir Geld für eine Putzfrau leihen? Rufst du deswegen an? Ich komme sogar persönlich, für nen Fünfziger putze ich nackt für dich. Na, wie wär's?« Thomas grinste in den Hörer und erwiderte: »Ein verlockendes Angebot – und damit meine ich nicht das Nacktputzen, sondern dass ich dir eine Karte für das Konzert morgen anbieten kann. Übrigens auch für nen Fuffziger. Na, wie sieht's aus? Begleitest du mich?« – Nach einer Pause nahm Thomas sein Handy vom Ohr, um zu prüfen, ob die Verbindung noch bestand. Er hatte noch nicht oft erlebt, dass Bianca schwieg. »Bist du noch dran?« – »Ja, ja, ja, ja, jaaaaa!«, rief sie laut und fragte: »Welche Spielregeln gelten zwischen uns beiden morgen Abend?«

Thomas dachte kurz nach. So gerne er sie auch immer noch berührte und so tat, als hätten sie mehr als die beste platonische Freundschaft, war das Risiko bei einem ausverkauften Konzert in seiner Heimatstadt schlichtweg zu hoch. Außerdem hatte er für die beiden nächsten Abende bereits eine andere Verabredung; fremdgehen sollte schließlich Spaß machen und nicht in Stress ausarten. Bianca, wie immer ungeduldig, wenn sie irgendetwas langweilte, wiederholte ihre Frage exakt so, wie sie sie schon gestellt hatte. Endlich antwortete er ihr: »Stufe Drei.« – »Echt jetzt? Nur unterschwelliges Interesse mit seltenen Zufallsberührungen?«, fragte sie enttäuscht. – »Ja, ich will nichts riskieren.«

Sie hatten sich nach dem ersten Ausrutscher, obwohl sie ihre Freundschaft Plus eigentlich beendet hatten, auf eine Skala von eins bis zehn geeinigt, auf der sie festlegen konnten, wie sie sich auf besonderen Anlässen zueinander verhalten wollten. Ohne so eine rationale Grenze wäre es zu häufig zu öffentlich nachvollziehbaren Fehltritten gekommen. Stufe eins bedeutete, dass keine körperlichen Kontakte erlaubt waren, außer einer unverfänglichen Umarmung zur Begrüßung. Das steigerte sich dann langsam über die Stufe fünf (heimliches Rummachen, zum Beispiel füßeln und streicheln unter dem Tisch, ohne Sex) bis zu Stufe zehn, die sozusagen einer öffentlichen Orgie gleichkam. Letzteres ginge wohl nur auf einer kleinen Insel am Ende der Welt. Diese Maximalstufe hatten sie noch nie öffentlich ausgelebt, ihre pure Existenz regte jedoch die Fantasie außerordentlich an.

Nachdem Thomas nun seine nächsten Abende geplant hatte, ging es ihm besser. Es hatte ihn schon Stress geschoben, wenn er daran denken musste, dass Bella am nächsten Tag wieder gekommen wäre und er dann noch hätte vorgeben müssen, sich wegen des Wiedersehens zu freuen. Es war sowieso schon organisatorisch und emotional herausfordernd genug, die drei wichtigen Frauen in seinem Leben unter einen Hut zu bekommen: Bianca wusste alles von ihm, auch, dass er seine Frau mit Gabi betrog. Vorwürfe konnte sie ihm diesbezüglich natürlich kaum machen, da sie nun mal auch gelegentlich mit Thomas die Grenzen überschritt. Allerdings vertrat Bianca rigoros die Meinung, er solle seine Ehe beenden. Für Thomas klang das jedoch zu einem guten Teil auch eigennützig, denn dann hätte sie endlich mehr von ihm gehabt.

Die Konstellation machte ihn irgendwie zufrieden und auf eine sonderbare Art auch stolz. »Ich habe endlich eine Frau fürs Gehirn, fürs Bett und fürs Ausgehen gefunden. Schwierig wird es nur, wenn die drei sich mal treffen«, dachte er und kam schnell auf andere Gedanken, als er anfing, die Spülmaschine auszuräumen.

## 14: Spontane Romantik braucht gute Vorbereitung

Etwas später saßen sie schon wieder im Taxi und ließen sich durch Oslo kutschieren. Erstaunlicherweise wurde das Fahrzeug von demselben Fahrer gesteuert wie am Mittag. »Möchtest du mir das vielleicht erklären?«, fragte Isabell und deutete auf den Fahrersitz. Martin, der wie gewohnt neben ihr auf der Rückbank saß, grinste vielsagend.

»Das ist Jonas, mein neuester Bekannter. Wir haben heute Mittag bereits unsere Handynummern ausgetauscht. Er ist hilfsbereit, verschwiegen und kann gut improvisieren. Außerdem hat er ein Taxi. Alles in allem ist er uns eine große Hilfe.« – »Wie machst du das immer? Dir sind die Menschen genau so fremd wie mir oder allen anderen und trotzdem baust du so schnell eine Verbindung auf, wie geht das?«, fragte Isabell. »Hey, ich bin Vertriebler. Erst verkaufe ich mich und dann die Produkte. Du hast mich doch auch gekauft.« – »Na, aktuell läuft wohl eher noch das Leasing, ob ich dich behalte, muss ich noch entscheiden, wenn ich den genauen Restwert kenne«, neckte sie ihn ungewohnt kaufmännisch.

Das Taxi hielt und sie stiegen aus. Martin zeigte mit dem Daumen nach oben und Jonas antwortete mit derselben Geste, bevor er das Auto wegfuhr.

»Zahlen wir nicht mehr für unsere Fahrten?«, fragte Isabell überrascht. »Django zahlt heute nicht, Django hat Monatskarte«, wärmte Martin einen uralten Sketch aus Klimbim auf, »Und jetzt: Herzlich willkommen zu unserer ersten von drei Stationen, dem Tatakii, einem asiatischen

Lokal der Extraklasse, inklusive Fisch und Sushi!« Isabell lächelte und sagte: »Ich bin gespannt.«

Wie sich herausstellte, hatten sie eine Reservierung. Die Menükarte, die das Speiseangebot sowohl auf norwegisch als auch auf englisch präsentierte, enthielt jede Menge Fischgerichte. Isabell bestellte acht Scheiben gerollte Sushi mit gebratenen Scampi, Jakobsmuscheln und Kimchi mit Trüffel sowie japanischer Mayonnaise. Martin schüttelte sich bereits, als Isabell Ihre Bestellung aufgab. Er entschied sich asientreu für die knusprig gebratene Ente.

Die Zeit während des Essens versuchte Isabell herauszufinden, was Martin noch alles geplant haben könnte, während sich Martin seinerseits herauszufinden bemühte, weshalb Isabells Laune auf einmal so viel besser war. Nach dem Essen war keiner von beiden schlauer als vorher. Dennoch stritten sie nicht.

»Jetzt noch einen Nachtisch, den möchtest du nicht verpassen«, kündigte Martin an und Isabell verwarf den Gedanken, dagegen Widerstand zu leisten. Manchmal war es einfacher, mitzumachen. Diesmal war es nicht nur einfacher, sondern auch köstlicher. Das Kellner-Team brachte zwei Becher Crème Brûlée, die noch brennend serviert wurden, und währenddessen karamellisierte das Topping. Es war optisch und geschmacklich der kulinarische Höhepunkt des Abends.

»Ich fürchte, hier werden sie unsere Monatskarte nicht anerkennen«, vermutete Martin. »Das macht nichts, meine Kreditkarte dafür schon«, sagte Isabell keine Widerrede zulassend. Sie vermutete schon länger, dass sie ein höheres Einkommen als er haben dürfte, doch sicher wusste sie es nicht.

»Bevor wir gehen, muss ich noch mal kurz für kleine Mädchen«, sagte sie schnell, stand auf, nahm ihr Handy mit und ging zu den Toiletten. Als sie sich für eine Tür entscheiden musste, stutzte sie. Es gab zwar Aufkleber, jedoch zeigten diese auf beiden Türen alles Mögliche: Männer, Frauen, Kinder, Rollstuhlfahrer, Hunde, Kühe, einen Piratenkopf und sogar einen Außerirdischen. Hier war offenbar jede Toilette für alle gedacht. In Norwegen wurde Unisex ernst genommen.

Sie nahm die mittlere Tür und verschloss den Raum. Als erstes wählte sie eine weitere Nummer auf ihrem Telefon. »Hallo, liebe Grüße aus Oslo!«, sagte sie freundlich. – »Du, ich werde nicht pünktlich hier wegkommen, so dass wir uns morgen Abend beim Konzert nicht ‚zufällig' treffen können. – Ja, ich finde das auch total schade. Ich habe jedoch eine spezielle Bitte an dich«, sagte sie und redete schnell auf ihre Gesprächspartnerin ein.

Die Erklärung dauerte etwas länger als geplant und schließlich musste sie sich beeilen, wieder zum Tisch zurückzukommen. Martin erhob sich, als er sie sah und sie verließen das Restaurant.

»Wo ist denn Jonas mit unserem Taxi?«, fragte Isabell überrascht, als sie aus dem Restaurant kamen. »Wir gehen ein paar Meter zu Fuß«, verkündete Martin und nahm Isabell in den Arm. Sie überquerten die Straße und standen nach ein paar Metern vor dem Frognerbad, einem riesigen Freibadkomplex neben dem gleichnamigen Fußballstadion.

»Geöffnet nur in den Sommermonaten«, übersetzte Isabell ein Schild, das auch auf Englisch geschrieben war. »Das Schild ist ungenau. Da müsste stehen: Geöffnet nur in den

Sommermonaten und für spezielle Besucher der norwegischen Feuerwehr«, ergänze Martin und trug damit nicht gerade zur Klarheit bei, wie Isabell fand. Je länger man mit Martin zusammen war, desto mehr verließ man sich auch auf seinen Hang zur ungewöhnlichen Organisation von Reisen. Das kannte Isabell noch von früher. Auch in den Ferienparks war das subtropische Schwimmbad stets die Krönung gewesen. Isabell war damals im Schwimmverein aktiv und ging daher auch jetzt noch sehr gerne ins Wasser.

Bevor sie weiter fragen konnte, was das bedeuten sollte, machte jemand das große Eingangstor einen Spalt weit auf. »Quick, come in here!«, sagte jemand. »Voraus!«, rief Martin, als wenn er einem Hund einen Befehl geben wollte und schubste Isabell sanft durch den Spalt. Er huschte auch hindurch und schloss das Tor.

Sie gingen in einen kleinen Raum, der wohl als Beobachtungsraum für Schwimmmeister gedacht war. Dort gab es etwas Licht. Alle sprachen nun Englisch. »Ich bin Martin, das ist meine Isabell«, sagte Martin und dabei lief Isabell ein wohliger Schauer den Rücken hinunter. »Meine Isabell«, hatte er gesagt! Martin fuhr fort: »Du musst Sven sein, der Cousin von Jonas? Erst einmal vielen Dank, dass ihr das für uns macht«, sagte Martin zu dem Unbekannten, der offenbar Sven hieß und jetzt antwortete: »Hey, kein Problem, eines der Becken ist wegen einer Feuerwehrübung morgen eh gefüllt und ich schulde meinem Cousin halt noch einen Gefallen. Wenn ihr geht, nehmt das Drehkreuz. Ich muss wieder los.« »Das ist fantastisch, wir brauchen höchstens eine Stunde. Wenn du mal in Deutschland bist und etwas brauchst, ruf mich an, hier ist meine Karte«, sagte Martin und überreichte Sven seine Visitenkarte. Sven nahm sie und tauchte wieder in die Dunkelheit ein.

»Was machen wir hier?«, fragte Isabell etwas überfordert. »Was du gerade gesehen hast, nennt sich netzwerken und ist eine Kernkompetenz in meinem Job. Ansonsten werden wir jetzt eine romantische Stunde im Freibad verbringen. Es ist dunkel und wir haben Halbmond, was willst du mehr?« – »Einen Badeanzug?«, stellte sie zur Diskussion. »Sei nicht albern. Wir sind allein«, sagte er augenzwinkernd und zog sich bereits aus. Unsicher folgte Isabell seinem Beispiel.

»Es gibt insgesamt drei Becken, wir nehmen am besten das, wo Wasser drin ist«, scherzte Martin wie gewohnt. Sie fanden es, es war das mittelgroße Becken und das Wasser musste um die 20 Grad Celsius haben. »Okay, vielleicht wird es auch nur eine halbe Stunde«, gab Martin zu, doch Isabell war bereits in ihrem Element und hörte ihn bestimmt nicht mehr.

Er hatte noch nie richtig verstanden, welche Abfolge von Bewegungen beim Delphin-Stil erforderlich war, doch es sah einfach genial aus, wie sich Isabell aus dem Wasser katapultierte, um dann wieder einzutauchen und dabei kräftig mit beiden Beinen schwang. Dass ihr dabei wärmer wurde als ihm beim Zusehen, war klar. Er hatte sich nie richtig für die Schwimmstile interessiert und war praktisch beim Brustschwimmen, das in der Schule gelehrt wurde, stehengeblieben.

Isabell zeigte ihm die vier verschiedenen offiziellen Schwimmstile und erklärte dabei einige Tricks. Martin gab sich interessiert und freute sich darüber, dass sie im wahrsten Sinne des Wortes in ihrem Element war und eine Menge Spaß dabei hatte.

Als sie endlich ein wenig außer Atem war, hielten sie sich beide am Beckenrand fest und umarmten sich. Sie zogen sich zueinander und küssten sich, während sie beide die Hände vom Beckenrand nahmen und sich weiter umarmten. Im Kuss versunken versanken sie. Als sie auf dem Beckengrund ankamen, trennten sie sich und stießen sich nach oben ab. Sie durchstießen die Oberfläche und saugten gierig frischen Sauerstoff ein.

»Wow! Das war mein erster Unterwasserzungenkuss. Das ist noch etwas, dass ich mit dir als erstes getan habe in meinem Leben«, lobte Martin anerkennend. »Gleichfalls!«, sagte Isabell knapp und atmete lieber weiter.

Sie verließen das Wasser und stellten fest, wie kalt die Luft war. Sie rannten vorsichtig in den kleinen Raum zurück und nahmen die bereitgelegten Handtücher, trockneten sich ab und zogen sich wieder an. »Das war der zweite Punkt unserer Drei-Punkte-Tournee«, zog Martin eine kurze Zwischenbilanz. »Was kommt denn jetzt noch?«, fragte Isabell schnippisch, »eine Führung durch das königliche Schlafzimmer?« – »Damit wärst du doch gar nicht zufrieden«, antwortete Martin schlagfertig, »Du stehst sicher mehr auf Ver-führung!«

## 15: Die Vorstellungskraft bedarf keiner Übung, doch ein Impuls ist meistens hilfreich

Martin gab Isabell eine kleine Taschenlampe und zeigte ihr den Schalter. »Die werden wir gleich noch brauchen. Jetzt folge mir bitte erstmal, ich werde mein Handy zur Navigation nutzen«, sagte er und öffnete die Karten-App auf seinem Mobiltelefon. »Wie weit ist es denn?«, wollte Isabell wissen. Martin antwortete: »Wir sind schon nah dran. Folge mir bitte unauffällig!«

Sie gingen auf einem breiten Weg durch eine Art Grünfläche und schließlich über eine Brücke. »Jetzt wieder schön langsam und sei bereit, dich von Kunst faszinieren zu lassen«, sagte Martin und führte Isabell zu einer trotz ihrer unmenschlich hohen Größe unglaublich lebensechten Statue einer Mutter, die ihr Baby im Arm hielt. Entlang der ganzen Brücke waren Skulpturen zu erkennen, die das Familienleben eingefangen hatten. Es waren außerordentlich viele Statuen mit unterschiedlichen Motiven, alles Menschen, in jedem Alter, jeden Geschlechts und alle splitterfasernackt.

Die Wege des Parks waren beleuchtet, für die Details einer jeden Figur waren die Taschenlampen jedoch sehr hilfreich. Sie gingen von Kunstwerk zu Kunstwerk und näherten sich immer mehr dem vermeintlichen Zentrum des Parks. Das war ein wundersamer Monolith, der aus Menschen bestand, die sich irgendwie in die Höhe wanden. Er stellte jede Phase des menschlichen Lebens dar, vom Säugling bis zum Greis.

»Tagsüber ist es hier immer ziemlich voll. So ruhig kann man diese Kunstwerke sonst nicht betrachten«, sagte Martin. »Ich könnte hier einige Tage verbringen!«, zeigte sich Isabell begeistert, »doch wir müssen ja morgen früh auch wieder raus und diesmal will ich früher zur Fähre fahren.« – »Ja, das ist auch mein Plan«, beruhigte Martin sie, »nach dem Frühstück packen wir und fahren dann zum Fähr-Terminal.« – »Das machen wir«, stimmte Isabell zu, »Jetzt sind wir jedoch noch hier und genießen den Rest dieses unglaublichen Abends.« Sie nahm ihn in den Arm und sie küssten sich, nur diesmal atmeten beide dabei. Martin zwang sich, Isabells Sinneswandel nicht zu hinterfragen, bis sie morgen schließlich reichlich Zeit dazu hatten. Dieser Abend gehörte den Herzen.

»Wie kommen wir zu Jonas' Taxi?«, fragte Isabell nach einigen Minuten der Liebkosungen. »Wir gehen geradeaus weiter durch die Figurenallee bis zum anderen Ende. Ich texte ihm eben, dass wir uns dort gleich treffen.«

Martin kramte sein Handy heraus und tippte kurz darauf herum. Dann gingen sie Arm in Arm unter der Aufsicht der zahlreichen nackten Skulpturen zum Ausgang. Sie stiegen ins Taxi und fuhren zurück ins Hotel. Während der Fahrt hielten Sie beide nur still eine Hand des anderen. Sie waren sowohl körperlich vom Schwimmen und Laufen als auch geistig von den vielen neuen Eindrücken erschöpft.

## 16: Bleibe zuerst Dir selbst treu, bevor Du an andere denkst

Zurück im Hotelzimmer zogen sich beide zügig aus, machten sich bettfertig und lagen schließlich erschöpft nebeneinander. »Was hältst du von Kuscheln und Einschlafen?«, fragte Martin schließlich müde. »Deal!«, sagte Isabell und robbte sich rückwärts an ihn heran. Martin legte noch die Decken so, dass sie beide zugedeckt waren und dann war es gemütlich, warm und geborgen.

»Danke für diesen wundervollen Abend!«, bedankte sich Isabell leise. »Gern geschehen«, flüsterte Martin zurück. Er drückte sie etwas fester an sich und sagte: »Jetzt kann die Welt untergehen, glücklicher kann ich nicht sterben.« Mehr sprachen sie in dieser Nacht nicht mehr.

Am nächsten Morgen war es Isabell, die zuerst wach wurde. Sie lag immer noch in Martins Armen, der weiterschlief und dessen Atem regelmäßig ging. Sie stand vorsichtig auf und ging in das Badezimmer.

Etwas später kam sie wieder heraus, zog sich an und ging zu Martins Bettseite. Sie kniete neben dem Bett und küsste ihn auf den Mund. Er schlug schlagartig die Augen auf und brauchte ein paar Sekundenbruchteile, bis er sich wieder entspannen konnte und den Kuss erwiderte. »Grrr!«, sagte er anschließend und fragte: »Ist das etwa schon Zahnpasta?« – »Ja, du Langschläfer, ich bin schon bereit, zum Frühstück zu gehen. Gib mal Schub, Rakete! Ich brauche Kaffee.«

»Ich brauche zwölfeinhalb Minuten«, stellte Martin fest und verschwand im Bad. Er sollte recht behalten und eine knappe Viertelstunde später waren die beiden auf dem Weg in das Hotelrestaurant, um zu frühstücken.

Das Büfett hatte erst seit 45 Minuten geöffnet; es waren noch viele Plätze frei und viele Leckereien noch nicht angetastet. Sie nahmen einen Tisch für zwei weit weg vom Eingang und besorgten sich erst einmal alles, was sie brauchten. Sie hatten beide Kaffee gewählt, als sie sich am Tisch wiedertrafen. »Oh, diesmal keinen Tee?«, fragte Isabell etwas zu neugierig. »Hier kommt der Kaffee aus Kaffeevollautomaten. Da gehe ich von einer gleichbleibenden mittleren Qualität aus. Das riskiere ich normalerweise. Außerdem wird in den Bewertungen im Internet der Kaffee hier nicht kritisiert. Das ist ein gutes Zeichen«, teilte Martin seine Analyse zum Getränkeverzehr.

»Ob der Kaffee gut ist oder nicht, bestimme immer noch ich!«, behauptete Isabell humorvoll und trank einen Schluck. Sofort verzog sie ihr Gesicht. »So schlimm?«, wollte Martin besorgt wissen. Sie schüttelte den Kopf. »Schu heisch!«, versuchte sie auf die hohe Temperatur des Getränks hinzuweisen. Er reichte ihr sein Glas Orangensaft und sagte: »Hier, das kühlt.« Dankbar nahm sie einen Schluck und gab das Glas zurück.

So ging es während des Frühstückens weiter. Sie tauschten Banalitäten auf lustigem Niveau aus und waren beide gut gelaunt und locker. Da Martin zuerst fertig war und so den Mund wieder besser zum Reden nutzen konnte, unternahm er einen Versuch, ein ernsteres Thema anzuschneiden: »Ich habe da mal eine Frage und jetzt mal ganz ehrlich: Wieso warst du gestern vom Stau bis zum Hotel so verschlossen und seit dem Abend so lustig?«

Isabells Lächeln wurde ein paar Nuancen schmaler, als sie nach den richtigen Worten suchte. »Ich habe gestern zuhause angerufen und Thomas gesagt, dass ich ihn heute Abend nicht zum Konzert seiner Lieblingsband in Köln begleiten kann. Normalerweise wäre da für ihn eine Welt zusammengebrochen, denn allein geht er nicht gerne auf Großveranstaltungen. Außerdem hatte ich ihm die Karten zum Geburtstag geschenkt. Doch anstatt mir eine Predigt zu halten und Vorwürfe zu machen, was seine normale Reaktion gewesen wäre, war er quasi erleichtert und schlug sofort vor, er könne da auch mit seiner Arbeitskollegin Bianca hinfahren, die ein noch größerer Fan von der Band sei als er. Dazu musst du wissen, dass Bianca vor unserer Ehe schon versucht hatte, mit Thomas zusammenzukommen. Sie ist so ziemlich die einzige Frau, auf die ich jemals eifersüchtig war. Es gab da auch so Gerüchte und Erzählungen von den Weihnachtsfeiern in der Firma, die ich mir von seinen anderen Arbeitskollegen anhören durfte. Ich habe dem lange keine Bedeutung geschenkt, bis zu seinem Geburtstag ein sehr üppiger Blumenstrauß geliefert wurde, der als Absender nur zwei Kreise untereinander trug. Ob es eine acht oder ein B sein sollte, konnte ich nicht erkennen. Im Prinzip sind das natürlich alles nur Indizien, ich glaube jedoch seit gestern Nachmittag fest daran, dass die beiden etwas zusammen haben.«

Martin erlebte einen unfassbaren Mix aus Gefühlen. Er hatte Mitleid mit Isabell, weil sie hintergangen wurde; er hatte Wut auf Thomas, denn wie konnte er nur seine Freundschaft (und Ehe) mit einer so großartigen Frau wie Isabell aufs Spiel setzen? Er dachte an die beiden Kinder. Auch wenn diese schon fast volljährig waren, so war eine Trennung der Eltern trotzdem eine ernste Sache.

Außerdem freute er sich diebisch, dass seine Chancen mit Isabell eine Beziehung zu führen, gerade erheblich gestiegen waren. Er war unfähig, dieses Gefühlschaos in Worte oder auch nur in einen Gesichtsausdruck zu packen und nahm daher beide Hände vors Gesicht und stammelte »Ui, ui und ui.«

Isabell sah ihn angestrengt an und sagte: »Jetzt könnte es also viel schneller ernst mit uns beiden werden, als wir am Anfang der Reise gedacht haben.« – Martin nahm die Hände vom Gesicht. Auch er sah angespannt aus, als er fragte: »Und – wie geht es dir damit?« Isabell horchte kurz in sich hinein, bevor sie antwortete: »Im Moment überraschend gut. Zuhause bleibt nach unserer Rückkehr trotzdem viel zu klären und zu regeln. Ich werde dazu noch etwas Zeit und viel Kraft brauchen. Wie geht es dir jetzt, wo die Katze aus dem Sack ist?«

»Zunächst einmal: Ich liebe Katzen!«, stellte Martin ausweichend fest, »Und diese Katze liebe ich ganz besonders. Ich unterstütze dich gerne auf deinem Weg.« Isabell grinste kurz, denn sie wusste, dass Martin Katzen tatsächlich über alles liebte. Er hatte immer Katzen als Haustiere gehalten, wenn sie sich begegnet waren. Dann wurde sie wieder ernst: »Ich meinte das natürlich in Bezug auf deine Familie! Wie geht es dir damit, daran vielleicht auch schon schneller etwas zu verändern?«

»Das ist kein Problem«, sagte Martin vollmundig, »Chantal hat sich vor zwei Monaten eine eigene Wohnung genommen und ist bereits ausgezogen. Ich bin also für neue Schandtaten bereit!« Isabell lief rot an.

»Und das sagst du mir erst jetzt???«, schrie sie ihn ohne Rücksicht auf die anderen Frühstücksgäste an. »Wie kannst du mir das bei so einer Unternehmung hier verschweigen?« Sie war am Rande ihrer Selbstbeherrschung angekommen, stand abrupt auf und verließ den Saal schnellen und schweren Schrittes.

Martin saß immer noch völlig perplex am Tisch und versuchte, jeglichen Blickkontakt mit den anderen Gästen zu vermeiden. Er trank seinen Orangensaft aus, suchte seine Sachen zusammen und stand dann auch auf, ging jedoch in bewusst trägem Gang zum Fahrstuhl. Als er unten auf den Knopf drückte, verließ Isabell gerade oben dieselbe Kabine, mit der er in Kürze folgen sollte.

Sie war froh, dass sie instinktiv die zweite Schlüsselkarte eingesteckt hatte, so dass sie nun in der Lage war, das Zimmer zu betreten. Doch was konnte sie schon tun? Der Gedanke, allein abreisen zu müssen, ängstigte sie. Gleichwohl beschloss sie, ihre Sachen zusammenzupacken. Sie musste sich irgendwie ablenken, um sich wieder zu beruhigen.

Wenn sie wenigstens zehn Minuten für sich hätte, könnte sie einen neuen Anlauf nehmen, mit Martin über seinen Betrug zu reden. Wie konnte er nur erwarten, dass sie das Risiko eines Seitensprungs eingehen sollte, wenn er selbst schon aus dem Schneider war?

Sie hörte, wie eine Karte in das Türschloss gesteckt und der Mechanismus in Gang gesetzt wurde. »Zu früh!«, dachte sie und war mit drei großen Sätzen im Badezimmer verschwunden, schlug die Tür zu und verschloss sie. Mit Wutttränen in den Augen setzte sie sich auf den Badewannenrand.

Als Martin eintrat, vernahm er das Geräusch einer zugeschlagenen Tür und verstand ein paar Schritte später, was passiert sein musste. »Isi, bist du wieder im Bad? Lass uns bitte reden.« – »Was stimmt mit dir nicht?«, fragte sie ihn. »So vieles, dass ich nicht weiß, welchen Aspekt von mir du meinst«, antwortete er kleinlaut durch die Tür und fügte hinzu: »Darf ich wieder reinkommen?« – »Nein!«, rief sie entschlossen, »ich brauche hier noch ein paar Minuten. Wir können reden, wenn ich rauskomme.« – »Okay, ich bin der nachdenkliche Typ im Bett, falls du mich suchst«, beendete Martin die Unterhaltung durch die Badezimmertür, und dahinter konnte Isabell nicht verhindern, grinsen zu müssen, worüber sie sich nur noch mehr ärgerte. Sie war doch aus gutem Grund stocksauer auf den Typen, wie schaffte er es dann immer noch, dass Menschen lachen mussten? Wenn das seine Superkraft war, was war dann ihre?

Martin legte sich, wie angekündigt, nachdenklich auf das Bett und ließ die letzten Minuten noch einmal Revue passieren. Was genau war eigentlich schiefgelaufen? Isabell schien mit dem Fremdgehen ihres Mannes doch ziemlich gut zurechtzukommen, weil sie dadurch ihren eigenen Seitensprung rechtfertigen konnte. Wie konnte sie ihm nun vorwerfen, dass er mit seiner Frau die Fronten schon sozusagen im Voraus geklärt hatte? Worum ging es ihr hier?

Er kam zu dem Schluss, dass Isabells Problem auf der emotionalen Ebene liegen musste, denn auf der Sachebene hatte sich doch alles zum Guten entwickelt. Es beruhigte ihn, dass er nun ein Ziel hatte für die anstehende Kommunikation. Er musste sie in ihrer Gefühlswelt abholen und dann langsam auf die Sachebene führen. Martin war es gewohnt, für seine Gespräche mit Kunden, Mitarbeitern oder Freunden eine Strategie und festgelegte Ziele zu haben. Gesprächsführung war so wichtig im Leben. Er rief sich einige wichtige Kommunikationsregeln ins Gedächtnis, es ging in diesem Gespräch ja auch nur um sein zukünftiges Leben.

Isabell hielt Wort und kam freiwillig aus dem Badezimmer. Sie sah verheult aus, jedoch auch etwas entspannter als noch im Frühstücksraum. »Regel 1: Wer fragt, der führt«, dachte Martin und wandte sich an Isabell. »Na, geht's wieder? Was habe ich falsch gemacht?«

Sie setzte sich auf die Bettkante gegenüber und antwortete mit bemüht ruhiger Stimme: »Ich riskiere hier meinen Arsch und mein Familienleben für ein paar schöne Tage mit dir, während du die ganze Zeit nur so tust, als würdest du dich in Gefahr begeben. Das ist unfair!«

Martin folgte seiner Taktik weiter und fragte: »Dann wäre es dir also lieber, wenn ich auch noch zwischen dir und Chantal wählen müsste?«

Isabell schaute ihn mit Missbilligung an und sagte: »Natürlich nicht! Es geht darum, dass du nicht aufrichtig warst und es mir verschwiegen hast.«

»Verschweigen setzt voraus, dass ich es bewusst nicht gesagt habe. Gab es denn eine Situation, wo ein Hinweis auf meinen Beziehungsstatus derart naheliegend gewesen wäre, dass ich bewusst darauf verzichtet haben müsste, ihn mitzuteilen?«, fragte Martin immer weiter.

Isabell antwortete etwas kleinlauter: »Kann mich nicht an eine Situation erinnern. Gefragt habe ich ja auch nicht danach. Trotzdem hättest du es doch wohl von dir aus ansprechen können.«

Martin nahm die nächste Regel zur Hilfe: Unrat vorbeischwimmen lassen. Er ignorierte den letzten Teil ihrer Aussage, also den Vorwurf und ging nur auf den Teil davor ein: »Ich versichere dir, dass ich es dir gerne erzählt hätte, wenn das Gespräch darauf gekommen wäre. Ich habe das nicht verheimlicht, sondern einfach nicht angesprochen, weil es mich nicht beschäftigt.« Jetzt war es Zeit, den Sprung zur Sachebene zu schaffen: »Ich finde, wir können froh sein, wie sich die Dinge entwickelt haben. Wir haben eine echte Chance, noch einmal zu versuchen, gemeinsam glücklich zu werden. Wenn ich dir irgendwie bei deinen nächsten Schritten helfen kann, sag mir, was ich tun soll, und ich werde für dich da sein. Ich hole dich auch am Ende der Welt ab, wenn du es willst.«

Isabell stand auf und kam zu seiner Bettseite. Sie sagte: »Ich hasse es, mit dir zu streiten, wenn du gewinnst!« Sie ließ sich ohne Rücksicht auf Verluste auf ihn fallen und ihm blieb erst mal die Luft weg. Trotzdem schaffte er es, sie festzuhalten. »Findest du Versöhnungssex immer noch am schönsten?«, frage er sie. »Dazu werden wir jetzt direkt ein empirisches Experiment durchführen, du verrückter Single!«

## 17: Veränderungen kannst du lieben, mitgestalten oder ignorieren; letzteres jedoch nicht für immer

Martin sagte zufrieden: »Nächstes Mal wählen wir bitte wieder ein normales Vorspiel, also ohne einen Streit vom Zaun zu brechen, ja?« Isabell antwortete: »Einverstanden. Keine Geheimnisse – keine Streitereien, okay?« – »Großes Indianer-Ehrenwort, falls man das noch sagen darf, oder hat die gemeine Sprachpolizei das auch schon verboten?«, fragte Martin, ohne eine Antwort abzuwarten.

»Wir müssen dann mal zu Ende packen und uns auf den Weg machen, sonst stranden wir noch einen Tag hier«, sprach er unmittelbar weiter. »Ja, darüber wollte ich auch noch gerne mit dir reden.« – »Ähm, waaas?«, äffte Martin eine Fernsehserie nach, in der der Vokal vom ‚was' langgezogen und viel zu hoch ausgesprochen wurde. Isabell musste lachen. »Ich möchte gerne noch eine Nacht länger hierbleiben. Passt das in deine Pläne oder Verpflichtungen?«

Martin traute seinen Ohren kaum. Irgendetwas lief an ihm vorbei. »Okay, eins nach dem anderen, ich habe mir die ganze Woche frei genommen, schließlich bin ich ja selbständig. Keine Einnahmen für ein paar Wochen im Jahr kann ich verkraften. Geplant habe ich auch nichts weiter. Um meine beiden Katzen kümmert sich meine Tochter solange, bis ich wieder da bin. Ich fasse zusammen: Liebend gern bleibe ich mit dir länger hier. Doch ich habe da noch Erklärungsbedarf zu deiner Entscheidung.«

Sie nickte und sprach langsam, während sich ihre Gedanken formten: »Wenn ich Thomas wiedersehen werde, möchte ich mir darüber im Klaren sein, wie er und ich zueinanderstehen. Ich kann ihn nicht aufgrund von Verdächtigungen und Indizien verurteilen, sondern brauche schon Beweise. Es ist etwas völlig anderes, ob wir beide uns schon anders orientiert haben, weil unsere Ehe nicht mehr funktioniert, oder nur ich.«

Martin nickte zögernd und wandte dann ein: »Und wie gedenkst du hier in Oslo sein Verhalten in Deutschland in Erfahrung zu bringen?« Isabell lächelte vielsagend. »Wie genau definieren wir Geheimnisse und wann müssen wir sie offenlegen?«

»Ist mir egal!«, beendete Martin die Spitzfindigkeiten sofort, »ich nehme, was ich kriegen kann. Noch ein Tag in Oslo und eine Nacht mir dir reichen mir erst mal. Über den Rest unseres Lebens können wir noch auf der Rückfahrt auf dem Schiff entscheiden.« Er schwang sich aus dem Bett und zog sich wieder an. »Ich geh mal runter zur Rezeption und versuche, das Zimmer noch etwas länger zu buchen«, verriet er seine Absicht und verließ den Raum.

Isabell blieb allein im Bett zurück und entspannte sich. Irgendwie fügte sich alles zusammen, wie bei einem großen Puzzle, bei dem man nicht weiß, was es ergeben wird. »Hoffentlich fehlt nicht das letzte Stück in diesem Puzzle«, dachte sie, »und wieso fehlt eigentlich immer das letzte Stück und nie das erste?« Sie grinste über ihren eigenen Witz und beschloss, ihn sich zu merken, um Martin damit bei nächster sich bietender Gelegenheit zu überraschen.

Ihre Gedanken kehrten zu ihrer Familie zurück. Wenn alles so lief, wie sie es erwartete, würden Thomas und sie sich schnell und ohne viel Streit trennen könnten, denn schließlich hätten sie dann beide Fehler gemacht. Falls sie als Einzige untreu geworden wäre, würde ihre Position viel schwächer sein bei den Gesprächen. Doch das war noch Zukunftsmusik, jetzt galt es, noch einen Tag in Oslo sinnvoll zu nutzen. Sie nahm ihr Telefon in die Hand und rief einige Oslo-Seiten auf. Heute wollte sie gerne Martin überraschen.

Jetzt überrasche er jedoch schon wieder sie, indem er die Zimmertür öffnete und eintrat. »Hui, das ging echt mal schnell!«, begrüßte ihn Isabell halb erfreut, dass er wieder da war, und halb enttäuscht, weil sie noch nichts hatte planen können. Er stimmte ihr zu und sagte: »Ja, das freundliche Mädel von gestern hatte wieder Dienst und meinte, wir könnten gerne noch bis zum Sommer bleiben. Ab Ende Juni seien sie jedoch ausgebucht. Ich habe erst mal um eine Woche verlängert.« Isabell schaute erst irritiert, dann amüsiert und fragte: »Das war ein Scherz, oder?« Martin hob abwehrend beide Hände vor seinen Körper und sagte: »Schuldig im Sinne der Anklage!« – »Oh, Mann! Du bist echt anstrengend!«, warf sie ihm vor. »Was ist das hier?«, fragte Martin mit gespielter Empörung, »Die Inquisition? Chantal meinte das auch öfter. Bist du sicher, dass du uns beide, also mich und meinen Humor, auf Dauer ertragen kannst?«

Isabell blickte jetzt ernster drein als es Martin recht war und antwortete: »So weit sind wir noch nicht. Das entscheiden wir morgen auf der Rückfahrt.« – »Gut, bleiben wir jetzt bei heute. Erwarte bitte nicht wieder einen so gut organisierten romantischen Abend«, bat er. »Nein, alles gut, heute Abend bleiben wir, oder zumindest ich, auf dem Zimmer. Da wird sich vieles klären und ich kann dann keine Ablenkung gebrauchen. Außerdem ist das WLAN dann wichtig«, erklärte sie. Er nickte und sagte: »Okay, nach dem Abendessen geht's dann aufs Zimmer. Was ist mit dem angebrochenen Vormittag und dem Nachmittag?«

Sie sagte: »Ich möchte gerne da weitermachen, wo wir gestern aufgehört haben.« – »Mit der Feuerwehr Oslo schwimmen gehen?«, warf er schnell ein. – »Nein, ich möchte die Hafenpromenade weiter erkunden. Da war es echt schön. Lass uns dort flanieren gehen und wenn wir Hunger kriegen, werden wir schon etwas finden. Shoppen könnten wir auch mal. Souvenirs, Schuhe oder Klamotten…«, plante Isabell. Martin setzte ein verzweifeltes Gesicht auf und sagte mit übertrieben ernster Stimme: »Puuuh! Ich weiß nicht, wie lange ich Klamotten- und Schuhshopping ertragen kann. Weißt du eigentlich, wieso so viele Schuhläden eröffnet werden?« – »Äh, nein?!«, forderte sie ihn auf, weiterzureden. »Wohin schaust du, wenn du traurig bist und es nicht gut läuft in deinem Leben und du schlecht drauf bist?« – »Nach unten?«, versuchte sie ihr Glück. Bei Martins Vorträgen war es meistens am besten, einfach mitzumachen, sonst dauerte es nur umso länger. »Sehr gut!«, lobte er sie, »Nach unten. Und was siehst du, wenn du nach unten schaust?« – »Pfff, den Boden?« – »Den Boden«, wiederholte er ungeduldig, »und deine Schuhe! Was also tust du, um dich aufzumuntern? – Du kaufst dir ein neues Paar! Deshalb ist meine Theorie, dass man an der Schuhgeschäftsdichte eines Landes das Unglücksniveau der Einwohner ablesen kann. Leider fehlen mir die Daten, um das zu überprüfen«, endete Martin seinen Impulsvortrag.

Isabell musste jetzt lachen. Sie liebte ihn, weil er genau das immer schaffte. Manchmal brauchte er dafür etwas mehr Anlauf als gewöhnlich, doch die Zeit mit ihm verging meistens wie im Flug.

Sie machten sich beide bereit, um zum Hafen zurückzukehren. Diesmal rief Martin Jonas an, statt ihm zu schreiben und erklärte ihm die neueste Entwicklung. Anschließend sagte er: »Wir haben Pech, Jonas ist am anderen Ende der Stadt unterwegs und hat Kundschaft im Wagen. Er meinte, es lohne sich sowieso nicht, mit dem Auto zu fahren. Es sind nur achthundert Meter bis Aker Brygge. Also gehen wir zu Fuß.«

## 18: Humor ist der Schlüssel zur Seele

Sie verließen das Hotel auf Schusters Rappen und kamen nach einem Häuserblock wieder am Hard Rock Café vorbei, das sie diesmal links liegen ließen. Dann gingen sie auf das Rathaus von Oslo zu, ein ungewöhnliches Bauwerk aus den 1950ern. Es bestand aus zwei großen Türmen, die sich gegenüberstanden, und einem niedrigeren Verbindungsstück. »Hier wird der Friedensnobelpreis verliehen und früher konnte man hier sogar heiraten. Leider sind wir dafür ungefähr dreißig Jahre zu spät dran«, überraschte Martin Isabell mit seinem Wissen über Oslo.

Als das Rathaus links lag, war auf der rechten Seite ein kleiner und feiner Park zu sehen. Am Ende des Parks überquerten sie noch eine Straße und Isabell erkannte den Ableger der Fjordrundfahrt und die Hafenpromenade wieder. »Na, das ging jetzt echt flott«, stellte sie überrascht fest. Martin bot ihr seine Hand an und sie ergriff sie mit fragendem Blick. »Ab hier – flanieren wir«, reimte er betont und zog sie zu sich und nach vorne.

»Die Straße heißt ‚Stranden', was übersetzt ‚der Strand' bedeutet«, klärte Martin einmal mehr ungefragt auf. Sie kamen an einem großen Verkaufsstand vorbei, an dem Mövenpick-Eis in einer beträchtlichen Anzahl von Geschmacksrichtungen angeboten wurde. Auf Martins Nachfrage meinte Isabell: »Später, nach dem Mittagessen.«

Links war nun das Wasser und rechts standen relativ neue und moderne Gebäude, die im Erdgeschoss Geschäfte und Restaurants hatten und in den restlichen vier bis sechs

Etagen Wohnungen. Sie stellten sich gemeinsam vor, wie besonders es sein müsste, hier zu wohnen. »Obwohl...«, sagte Martin, »zu viele Touristen!« und grinste wohl wissend, dass auch sie dazugehörten.

»Wenn du wirklich richtig shoppen möchtest, mit Mode- und Souvenirläden, dann laufen wir nach dem Essen in die Fußgängerzone in der Innenstadt. Da kannst du dann deinen Kaufrausch ausleben. Hier ist eher Gastronomie und Kultur.« Isabell zeigte mit einem Daumen nach oben. »So machen wir es. Und heute gehen wir in ein Fischrestaurant, das hast du versprochen!«, erinnerte sie sich und ihn. Er gab sich geschlagen. »Schon gut, ich habe dir angeboten, wir könnten immer abwechseln zwischen Steak und Fisch, allerdings ging ich da noch von einem Jahr Wartezeit aus. Doch du sollst deinen Fisch bekommen. Hier gibt es sogar verschiedene Restaurants zur Auswahl.«

Sie schlenderten gemütlich die gesamte Promenade entlang und hielten vor jedem Restaurant an und unterzogen die Karten einer Fischprüfung. Als sie am Ende der Straße ankamen, waren noch sage und schreibe fünf davon im Rennen. Martin fragte Isabell schließlich, welches ihr am besten gefallen habe. Sie dachte einige Sekunden nach.

»Ich bin mal gnädig meinem Geliebten gegenüber: Lass uns in das Ling Ling gehen, die haben Fisch- und Fleischgerichte. Außerdem ist die Lage so schön!« Sie vollzogen eine scharfe Wende. Wenn man zusammen viel getanzt hat, dann ist das Manöver gemeinsam eine leichte Übung.

Sie gingen zurück zum Yachthafen, denn direkt daneben auf einem Landungssteg, der sechzig Meter lang und halb so breit war, lag das große Restaurant mit einem runden Außenbereich, der im Sommer vermutlich immer ausgebucht war. Das Ling Ling war ein kantonesisches Restaurant und obwohl Martin schon am vorherigen Abend asiatisch gegessen hatte, war er doch dankbar, nicht in einem reinen Fisch-Spezialitäten-Restaurant gelandet zu sein.

Die Einrichtung war hochelegant und sehr edel. Es war nicht besonders voll, so dass sie schnell einen Tisch und die Karte bekamen. Isabell entschied sich diesmal für norwegischen Kabeljau in Currysauce und Martin wählte Rentier in einer Pfeffersauce mit einer Beilage.

»Da werde ich jetzt zum ersten Mal so richtig norwegisch essen«, stellte er fest und ergänzte: »Ich bin gespannt, wie Rentier schmeckt.« Isabell verzog verspielt den Mund und nannte ihn einen »Rudolfmörder«. »Ich verspreche dir, wenn ich eine rote Nase auf dem Teller habe, esse ich es nicht«, gab Martin sich kompromissbereit. Isabell hatte Mühe, ihre Rolle als Anwältin der außergewöhnlichen Speisenkarten-Tiere weiterzuspielen, so lustig fand sie es gerade. Sie gab ihrem Humorzentrum nach und lachte herzhaft. Dann nahm sie einem Impuls folgend seine Hand, schaute ihm tief in die Augen und sagte: »Ich liebe dich!«

»Ich dich auch!«, flüsterte Martin, drückte ihre Hand und verzichtete auf weitere Worte.

Erst als der Kellner mit dem Essen kam, trennten sich ihre Hände und griffen nach dem Besteck. Martin nahm den Faden wieder auf und fragte den Kellner auf Englisch: »Entschuldigung, das hier ist doch wohl nicht Rudolph, das Rentier mit der roten Nase aus dem Weihnachtslied, oder?« – Der Kellner schaute ihn entsetzt an. »Natürlich nicht, wo denken Sie hin? Rudolf haben wir bereits einen Tag vor Weihnachten zubereitet und wir servieren hier immer frisch!« Es kam nicht oft vor, dass Martin sprachlos war, doch darauf, hier und jetzt seinen Meister in Sachen Humor zu finden, war er nicht vorbereitet gewesen. Alle drei lachten laut und erst als der Kellner sich zurückzog, konnten sie wieder an sich und das Essen denken.

»Ganz ernsthaft, Martin, so oft und echt wie in den letzten beiden Tagen habe ich das ganze letzte Jahr nicht gelacht«, sagte Isabell merkwürdig nachdenklich. »Das ist doch gut, oder?«, fragte Martin fast schon unsicher. »Mehr als das. Du bereicherst mein Leben. Bitte, lass uns das nicht wieder beenden, was wir gemeinsam haben.« – »Darf ich daran erinnern, dass ich es war, der dich sozusagen überreden musste, mit mir auf die Fähre zu gehen?«, wandte Martin ein. »Ja, und dafür werde ich dir vorläufig auf ewig dankbar sein!«, versprach Isabell. Bevor Martin auf den Widerspruch in ihren Worten eingehen konnte, sprach sie bereits weiter: »Nun, jetzt brauche ich einen Kosenamen für dich, mein hmhmhm. Und weil ich so eine nette Geliebte bin, darfst du bei der Auswahl behilflich sein. Was hälst du von Rudolf, Martin?« – Er grinste etwas unzufrieden. »Zu erklärungsbedürftig. Überleg mal, wie oft wir die Story dieser Bestellung erzählen müssten. ‚Schatz' kommt übrigens auch nicht in Frage, Isi! So heißt mehr als jeder zweite.«

»Okay, ich denke mir in Ruhe etwas aus«, beendete Isabell die Vorschlagsrunde. Doch Martin war noch nicht fertig: »Ich glaube, ich werde dich ‚mein Segel' nennen.« Isabell sah irritiert aus. »Was?«, gab sie von sich. »Kennst du Conrad Ferdinand Meyer?«, fragte Martin. »Nicht persönlich«, stellte Isabell fest. »Das Gedicht müsste doch Pflicht sein bei einer Segelscheinprüfung!«, forderte Martin und kündigte an: »Dann schließen wir jetzt eine Bildungslücke.« Er trug das Gedicht sehr ernsthaft vor:

Zwei Segel erhellend
Die tiefblaue Bucht!
Zwei Segel sich schwellend
Zu ruhiger Flucht!

Wie eins in den Winden
Sich wölbt und bewegt,
Wird auch das Empfinden
Des andern erregt.

Begehrt eins zu hasten,
Das andre geht schnell,
Verlangt eins zu rasten,
Ruht auch sein Gesell.

## 19: Andenken helfen uns, Gedanken zu denken, an die wir sonst nicht gedacht hätten

»Das ist unvergesslich«, sagte Isabell leise und betonte dabei jede Silbe. Sie wischte sich unauffällig eine Träne aus dem linken Auge. Martin beobachtete sie freundlich-zurückhaltend und war offensichtlich zufrieden mit der Wirkung dieses Klassikers. »Gesegnete Mahlzeit!«, flüsterte er und begann, sich über sein Rentiersteak herzumachen. Sie tat es ihm gleich und aß ihren Curry-Kabeljau.

Sie aßen schweigend und noch immer hing der Zauber des Liebesgedichtes über ihnen. Keiner von ihnen wollte diese Atmosphäre zerstören. Erst als sie beide das Besteck in der Zwanzig-nach-vier-Stellung hinlegten, fragte Isabell schließlich: »Und? – Wie hat dir Rudolfs Cousin geschmeckt?« – Martin antwortete: »Wie ein mageres Filetsteak mit einem leichten Wildgeschmack. Daran könnte ich mich sogar gewöhnen.« – »Na, ich glaube kaum,« mutmaßte Isabell, »dass sich das in Deutschland durchsetzen wird.« – »Ja, das stimmt«, gab er ihr Recht, »außerdem ist es viel schöner, wenn Dinge, die man im Urlaub im Ausland konsumiert, auch den Urlauben vorbehalten bleiben. Sonst geht nämlich das Besondere daran verloren. Das habe ich leider schon oft bemerkt.« – »Gut, dass ich kein Ding bin«, sagte Isabell erleichtert und winkte den Kellner heran. »Can we have the bill, please?«, fragte sie höflich und bekam direkt am Tisch einen Ausdruck aus dem mobilen Drucker, den der Kellner bei sich trug. Wieder einmal gab sie ihre Kreditkarte ab.

»Bin ich nicht mal mit bezahlen dran?«, wunderte Martin sich. »Nein. Du bezahlst ja das Hotel, stimmts?«, überraschte sie ihn. »Des paascht scho«, sagte er mit breitem bayerischem Dialekt und meinte es so. Sie waren in ihrer und jeder Beziehung auf Augenhöhe.

Anschließend verließen sie das Restaurant wieder und gingen in Richtung Innenstadt, was sie automatisch an dem Stand mit dem Mövenpick-Eis vorbeiführte. Er fragte sie, welche Sorte es sein dürfe. Sie wollte eine Kugel Stracciatella und er nahm eine Kugel Chocolate Chips. Er bezahlte die beiden Hörnchen in bar und gab Isabell ihr Eis. Dann setzten sie sich auf eine Bank in der Nähe, die zum Wasser ausgerichtet war und einen weiten Blick in den Fjord ermöglichte. »Das ist ja wie im Urlaub«, sagte Isabell. »Na, das will ich doch hoffen!«, bestärkte Martin sie und umarmte sie mit dem freien Arm.

Als sie nur noch die Waffel übrighatten, begann Isabell kleine Waffelstücke den Spatzen zuzuwerfen, die in wenig Abstand zur Bank und zum Wasser versuchten, etwas Essbares aufzupicken. Schnell füllte sich der Weg vor ihnen mit verschiedenen Vögeln, die Martin nicht alle benennen konnte. Sogar zwei Möwen waren dabei, die versuchten, einige von den Waffelstücken zu ergattern, jedoch gegen die viel flinkeren Spatzen keine Chance hatten. Ein Spatz war besonders dreist und nahm keine Rücksicht auf die Möwe. Er pickte sogar ein Stück von ihrem Fuß. Schließlich wurde es der Möwe zu bunt und sie nahm den Spatz in ihren Schnabel und verschlang den kleinen, frechen Vogel.

Isabell erstarrte in ihrer Waffelwurfbewegung und ihre Kinnlade war heruntergeklappt. So verharrte sie einige Sekunden. »Wow«, sagte Martin und nahm Isabell die restliche Waffel aus ihrer Hand. »Gib mir das lieber, bevor noch ein Unglück geschieht«, sagte er und stopfte sich die Waffelreste in den Mund. Die Möwe flog indes unbeholfen davon und landete platschend im Wasser.

»Wollen wir weitergehen, Vogelmörder?«, fragte Martin provozierend, doch Isabell war nicht nach Späßen zumute. »Nimm mich lieber in den Arm und tröste mich, du Rudolf«, bat sie und meinte es ernster als es rüberkam. Er tat ihr den Gefallen und drückte sie tröstend an sich. »Tut mir leid, dass du das mit ansehen musstest«, flüsterte er ihr mitfühlend ins Ohr und führte sie langsam weg vom Tatort.

Nach ein paar Schritten ging Isabell wieder Hand in Hand mit Martin und hatte sich vom Schock einigermaßen erholt. Martin musste sich zusammenreißen, keine Witze über den Vorfall zu machen. »Damit fällt ‚Spatz' wohl als Kosename weg«, hätte er fast unbedacht gesagt. Es gab nicht viele Menschen auf der Welt, für die er geschwiegen hätte. Jetzt sagte er nichts.

Sie gingen langsamer, als sie gekommen waren, in Richtung Stadtzentrum und erreichten schließlich die Einkaufspassage. Es gab viele Bekleidungsgeschäfte, einige Schuhgeschäfte, auf die Martin immer ganz besonders aufmerksam machte, einige Kneipen und auch hin und wieder Souveniershops, in denen man alles mit norwegischer Flagge kaufen konnte, von Feuerzeugen über Kühlschrankmagneten, Schirmmützen, Pullis und sogar Fahnen (von denen Martin behauptete, sie hätten bestimmt noch eine kleine norwegische Flagge als Extra-Werbung auf der Rückseite).

»Stell dir so einen Laden mal in Deutschland vor! Da kaufen Touristen dann alles mit Deutschlandfahne. Irgendwie undenkbar, oder?«, stellte Martin zur Diskussion. Isabell nickte nur und wollte nicht darauf eingehen. Sie nahm lieber einen Einkaufskorb und legte diverse Produkte mit »Norway«-Aufdruck in den Korb. Martin folgte ihr in einigem Abstand und schloss erst an der Kasse zu ihr auf. Er hatte bereits genügend Andenken an Norwegen zuhause, freute sich jedoch darüber, dass Isabell offenbar bereit war, sich verdammt oft an die gemeinsamen Tage in Oslo erinnern zu wollen. Sie bezahlte ihre zwölf Teile und bekam eine Tragetasche aus Stoff kostenlos dazu. Die Tasche trug wenig überraschend eine Norwegenflagge.

Als nächstes führte Isabell ihn in ein teures Damenmodegeschäft und sah sich um. Martin erwog, draußen bei den anderen Herren zu warten, doch dabei fühlte er sich immer wie ein Hund, der nicht mit ins Geschäft durfte. Notgedrungen schaute er sich auf der Suche nach etwas Interessantem um. Er fand etwas.

Isabell suchte sich zwei Oberteile aus und wies darauf hin, dass sie ja schließlich nicht für so viele Tage gepackt habe. »Brauchst du dann nicht auch etwas für unten drunter?«, fragte Martin schelmisch und hielt ein spitzenbesetztes rot-schwarzes Dessous-Set wie zur Größenprobe vor sich. »Gib mir das lieber, das sieht an mir besser aus!«, sagte sie aufreizend und schloss den Vorhang einer Umkleidekabine hinter sich.

Martin setzte sich auf einen bereitstehenden Stuhl und wartete ungeduldig. Er hoffte, dass sie ihm die Reizwäsche zeigte, bevor sie zur Kasse gingen. Doch diesmal enttäuschte sie ihn. Sie kam mit allen drei Teilen wieder vollständig angezogen aus der Kabine und ging mit ihm zur Kasse. Sie legte die beiden Oberteile auf den Tresen und drückte ihm die Unterwäsche in die Hand. »Hier, die zahlst du, du profitierst ja auch davon!«, grinste sie ihn katzig an. Perplex nahm er die Wäsche und freute sich schon auf die

Premiere. Es gefiel ihm, wie sie die Spannung so hochhalten konnte.

## 20: Ob Ehebrecher glücklich werden, hängt vom Partner ab

Als sie im Hotel an der Rezeption vorbeikamen, sprach der Diensthabende sie an. »Entschuldigung«, sagte er mit Akzent in Deutsch, »ich habe eine Nachricht für Sie.« Er legte einen Briefumschlag auf den Tresen. Isabell stand näher an der Theke, bedankte sich und nahm den Umschlag an sich. »Ist für dich«, sagte sie emotionslos und gab Martin das Couvert, der es wortlos einsteckte.

Sie nahmen den Aufzug nach oben und gingen auf ihr Zimmer. Martin zog seine Schuhe aus und schmiss sich erst einmal auf sein Bett. »Ahhhh. Das tut gut«, stöhnte er entspannt. Isabell ging an ihren Koffer und nahm ein kleines Notebook heraus, das sie auf den Schreibtisch stellte und an den Strom anschloss. Während sie es startete und in das Hotelnetzwerk einbuchte, war Martin bereits eingenickt. Als die Internetverbindung endlich stabil war, startete sie ihre übliche Routine. E-Mails abrufen, löschen und sortieren, einige Webseiten überfliegen, die sie sonst täglich verfolgte und sie stellte eine Verbindung zu einer Webkamera zuhause her. Das Bild wurde zwar nur alle zwei Sekunden aktualisiert, doch das reichte ihr. Als nächstes öffnete sie ein weiteres Fenster zum Surfen im Internet und rief eine Seite auf, mit der sie ihre Handyapp zum Versenden von Kurznachrichten auf dem größeren Notebookbildschirm lesen und sogar Texte verfassen konnte. Zum Test versendete sie eine Nachricht an Thomas, in der sie ihm mitteilte, dass sie erst am übernächsten Abend wieder in Kiel sein würde. Er antwortete nicht sofort, was durchaus üblich war. Sie schrieb eine weitere Nachricht gleichen Inhalts, jedoch diesmal an ihre alte Freundin Nicole, der sie danach noch eine längere Nachricht mit Handlungsempfehlungen für den bevorstehenden Konzertbesuch gab. »Sind schon unterwegs nach Köln! Später mehr ...«, bekam sie unmittelbar als Antwort zurück. Zufrieden lächelte sie und drehte sich vom Schreibtisch weg zum Bett um.

Dort lag Martin noch in einer Zwischenwelt von Dösen und Schlafen. Sie ging ins Badezimmer und brauchte dort einige Minuten. Als sie wieder herauskam, ging sie zu ihrer Bettseite, setzte sich darauf und schaltete den Fernseher an. Sie stellte den Ton auf stumm und zappte erst einmal durch die verfügbaren Kanäle. Nach einigen Sendeplätzen landete sie bei einer Dokumentationssendung über Kreuzfahrten. Vorsichtig erhöhte sie die Lautstärke wieder.

Isabell erschrak, als Martin unvermittelt fragte: »Oh, hey, plant mein Segelchen da schon unseren nächsten gemeinsamen Urlaub?« Wieso fühlte sie sich schon wieder ertappt? »Nein, ich zappe nur durch«, sagte sie eine Spur zu schnell und wechselte das Programm, bis sie einen Musiksender fand. »Stell mal bitte auf Hintergrundlautstärke um«, bat Martin, »und dann erkläre mir noch, was heute Abend geplant ist von deiner Seite.«

Isabell stand auf und sprach so, wie ein berühmter Detektiv, der die Lösung des Falles allen Anwesenden erläutert: »Nun, sehen wir uns die Fakten noch einmal an: Isabell, eine liebenswerte, jedoch von ihrem Mann in den letzten Jahren weitgehend unbeachtete Frau in den besten Jahren lässt sich auf ein Abenteuer mit ihrem gleichaltrigen Ex-Freund Martin ein, den sie seit Dekaden nicht gesehen hat. Bis hierher verlief alles planmäßig und niemand hätte etwas erahnen können. Dann jedoch schlägt das Schicksal zu:

Die beiden Freunde werden länger in Oslo festgesetzt als beabsichtigt. Das führt zu Verwerfungen zuhause. Denn plötzlich plant ihr Ehemann Thomas einen geschenkten Konzertbesuch mit seiner viel zu hübschen und dafür äußerst blonden Arbeitskollegin Bianca. Was Thomas jedoch nicht weiß: Seine Frau hatte vor, noch jemand anderen in dem Konzert zu treffen: Ihre Jugendfreundin Nicole, die sie seit ihrer Ehe mit Thomas nicht mehr getroffen hat. Daher hat Thomas keine Ahnung, wie Nicole aussieht. Die Plätze der Tickets unserer Informantin liegen exakt eine Reihe hinter denen von Thomas und seinem Anhang, der eigentlich Isabell heißen sollte. Daraus ergibt sich für uns Wahrheitssuchende eine einmalige Gelegenheit, die wirkliche Natur der Beziehung zwischen Thomas und Bianca zu klären.«

Martins Augen wurden mit jedem Satz des Monologs größer und beim letzten Satz rief er: »Brillant!« Isabell gab einen langen »Sch« Laut von sich und Martin hielt den Mund, als er gespannt weiter zuhörte.

»Bitte unterbrechen Sie mich nicht beim großen Finale!«, sagte Isabell vorwurfsvoll und fuhr fort: »Die neueste Computertechnik wird es uns ermöglichen, den Schuft praktisch in flagranti zu überführen. Dazu müssen wir uns nur gedulden, bis die aktuellen Beobachtungsdaten von Nicole eintreffen. Wir erwarten gegen zehn Uhr das erste belastende Material.«

Das Ende ihres Vortrags war offenbar erreicht und Martin applaudierte spontan, was Isabell mit einer eleganten Verbeugung erwiderte. »Erinnere mich daran, dich nie zu hintergehen«, bat Martin ohne wirklichen Sinn. »Lass es dir eine Warnung sein!«, forderte Isabell etwas sinnhafter ein.

Sie ließ sich wieder auf Ihr Bett sinken und schaute auf die Uhr. Es war noch Zeit, zu viel Zeit, um nur zu warten. Martin, der zu demselben Schluss gekommen sein musste, drehte sich zu ihr um und umarmte sie in der Seitenlage. Er küsste sie kurz, drückte sie fester an sich und knabberte ihr am Ohr. Isabell entspannte sich, es gab sowieso nichts Sinnvolles zu tun, bevor ihre Freundin sich meldete.

Martin schlug vor, das Thema »Detektivin und Verdächtiger« in ihre durch frühere Aktivitäten gut gefüllte gemeinsame Rollenspielthemensammlung aufzunehmen. »In die Sammlung, gerne, heute Abend jedoch nicht.« – »Och menno, du bist wirklich sexy, wenn du so einen pseudowissenschaftlichen Vortrag hälst«, machte Martin ihr ein Kompliment, das sie von niemandem sonst erwartet hätte. »Danke«, antwortete sie, »ich habe für heute Abend bereits ein anderes Thema gewählt.« Dabei knöpfte sie ihre Bluse auf und Martin sah das Dessous, das er bezahlt hatte. »Du hast also heimlich Vorbereitungen getroffen, als ich geschlafen habe?«, fragte er spielerisch. »Ja. Ich vermute, du möchtest deine Ware jetzt erst einmal einer genaueren Überprüfung unterziehen?«

Martin prüfte, solange er konnte, hatte jedoch nichts auszusetzen. Schließlich kamen sie gemeinsam – zu dem Entschluss, dass das Kleidungsset eine gute Anschaffung gewesen sei.

Nach dem Schäferstündchen blieben beide noch gemeinsam liegen und lächelten sich glücklich an. Isabell wandte sich kurz ab und nahm ihr Handy, um die Stummschaltung aufzuheben. »So, jetzt hören wir, wenn Informationen hereinkommen«, flüsterte sie Martin zu.

Trotz dieser völlig ungewohnten Situation und der bevorstehenden Wahrheit im zwischenehelichen Zwist seiner Geliebten, fühlte Martin sich ruhig und glücklich und war dankbar, dass er ein Bett mit Isabell teilen durfte. Dieses Hotelzimmer machte auf ihn einen unantastbaren Eindruck. Wer sollte jetzt schon in Oslo sein in genau diesem Hotel und ihnen ihre Zweisamkeit nehmen können? Es war so ein Gefühl, wie es die Menschen in der Steinzeit in ihrer Höhle gehabt haben müssen, dachte er abschweifend.

Isabell dagegen war etwas weniger entspannt. Zwar fühlte sie noch die wohlige Entspannung in ihrer Leistengegend, doch sendete ihr Gehirn schon Ungeduld verbreitende Signale in ihrem Kopf. Sie dachte darüber nach, was an ihrem Plan vielleicht alles schieflaufen könnte, als Martin sie unvermittelt fragte: »Hunger?« – Sie antwortete ihm: »Nö. Keinen Bedarf. Vermutlich komme ich bis zum Frühstück klar.« – Mit den Worten »Gut, ich auch« beendete Martin den Dialog.

Isabell wurde immer unruhiger und Martin bemerkte das natürlich. »Bist du sicher«, fragte er sie, »dass du damit klarkommst, Beweise zu sehen, dass du betrogen wirst?« Isabell dachte kurz nach und erklärte dann: »Ja, treu muss er mir ja nicht mehr sein, jetzt wo ich mit dir die Ehe gebrochen habe.« Martin ließ es dabei bewenden und fragte nicht weiter. Er hoffte nur, dass sie so stark war, wie sie es zu sein glaubte.

Endlich meldete sich ihr Handy. Sie nahm es vom Nachttisch, ließ es vor Aufregung auf den Boden fallen, hob es auf und entsperrte es, um die Nachricht zu lesen. Ihrem Gesicht nach zu urteilen war es nicht das, worauf sie gehofft hatte. Sie schaute Martin mit einem ziemlich merkwürdigen Gesichtsausdruck an, der gleichzeitig Ironie und

Verzweiflung darstellen könnte.«»Ist von Thomas. Ein Foto von der Band auf der Bühne mit den Worten ‚Wish, you were here'«, sagte Isabell. »Uff, falls er fremdgeht, dann macht er das echt professionell«, sagte Martin beinahe anerkennend. – »Na, dir kann er wohl kaum das Wasser reichen. Eine Einladung zu einer Minikreuzfahrt wird er so schnell nicht übertreffen können«, sagte Isabell und zeigte damit, auf wessen Seite sie nun stand.

»Ich habe auch eine Nachricht von Nicole«, sagte Isabell erleichtert und gab Martin das Handy, damit sie sie gemeinsam lesen konnten.

```
Nicole: Hi Isi, habe die Zielperson anhand
Deines Fotos und der Sitznummern identifi-
ziert. Seine Begleitung hat sich ganz schön
aufgetakelt. Bis jetzt ist jedoch alles im
grünen Bereich, keine Übertretungen der ge-
sellschaftlich akzeptierten Normen.

Isabell: Überraschend. Bleib dran. Ich
brauche Fotos und Videos. :-D

Nicole: Geht klar, Boss.
```

»Hey, ist das die Nicole aus der Tanzschule?«, fragte Martin erstaunt. »Ja, ich sagte doch, wir haben uns lange nicht gesehen. Wir haben uns zufällig online gefunden und geschrieben. Was hat dich darauf gebracht?« – »Sie nennt dich Isi, Isi«, verriet er ihr seinen Hinweis. Isabell schlug sich mit der flachen Hand vor die Stirn.

»Tja, sieht so aus, als probierten die beiden heute nicht von verbotenen Früchten«, prognostizierte Martin. »Abwarten«, empfahl Isabell, »noch ist nicht aller Tage Abend.«

Auch in der nächsten Zeit tat sich wenig auf Isabells Handy. Erst gegen Mitternacht meldete sich Nicole noch einmal und teilte mit, dass sie wieder zuhause und alles in Ordnung gewesen sei und dass Isabell außerdem ein echt geiles Konzert verpasst habe. Mit einer Mischung aus Enttäuschung und Wut legte sie ihr Handy weg und stellte es wieder auf lautlos.

»Und jetzt?«, fragte Isabell ratlos. – »Jetzt? Jetzt hast du eben doch die moralische Arschkarte gezogen. Du bist die Ehebrecherin, er war artig. Nimm die Rolle an und erkläre ihm, warum du dich umorientiert hast«, sagte Martin, der inzwischen auf dem Stuhl am Schreibtisch saß und sich mithilfe des Wasserkochers einen Tee zubereitete.

»Na toll, da drehen wir uns wieder im Kreis!«, sagte Isabell etwas lauter und fuhr fort: »Ich bin die Böse in meiner Ehe und ich bin die einzige Böse hier, weil du ja schon wieder solo bist.« Um sich nicht zu sehr aufzuregen, suchte sie etwas, mit dem sie Martin bewerfen konnte. In Ermangelung eines geeigneten Wurfgeschosses nahm sie ihre Socken, die neben dem Bett lagen, formte sie zu einem Knäul zusammen und bewarf Martin damit.

»Hey!«, rief Martin und warnte sie schnell mit dem Wort »Wasserkocher!«, bevor sie noch mehr Wurfgeschosse finden konnte. Gleichzeitig wehrte er den Sockenangriff zur Seite ab. Der Socken flog auf Isabells Notebook, ohne einen Schaden zu hinterlassen.

Martin nahm den Socken vom Computer und fragte: »Isi, ich bin echt offen und tolerant und so, doch seit wann schaust du denn Pornos? Früher mochtest du diese Filme nicht.« – »Hör auf abzulenken, ich bin echt enttäuscht und sauer. Außerdem schaue ich so einen Schweinskram nicht.«

– »Verstehe«, sagte Martin, »wieso läuft dann einer auf deinem Rechner?«

Innerhalb von Sekunden war Isabell an ihrem Notebook. »Der Socken hat den Bildschirmschoner beendet«, erklärte Martin. Isabell rief aufgeregt: »Das ist doch kein Porno, du Depp! Das ist mein lieber Ehemann, der auf unserer gemeinsamen Couch mit der Nachbarin herummacht, als gäbe es einen sexuellen Notstand.« Martin erstarrte und versuchte krampfhaft, schneller zu denken. »Du willst mir sagen, dass dein Göttergatte direkt nach dem Konzert eine heiße Blondine sausen lässt, um es dafür mit der eher hausbackenen Nachbarin zu treiben? Kannst du dir nicht ausdenken, sowas.«

»Gib mir einen Moment!«, sagte Isabell, »Ich muss mal eben diese Bilder speichern für spätere Verwendung.« Martin hatte sich inzwischen etwas gesammelt. »Ich habe da nachher noch ein paar Fragen«, kündigte er an.

## 21: Aller guten Dinge sind zu viele

Thomas wartete geduldig im Büro vor den Waschräumen, weil Bianca sich eine gute halbe Stunde auf der Damentoilette eingeschlossen hatte, bevor sie endlich völlig verändert wieder herauskam. Er starrte sie unverhohlen voller Begierde an.

Die moderne Kurzhaarfrisur Ihrer dunkelblonden Haare, zwischen denen sogar schwarze Strähnchen zu sehen waren, hatte keinen Scheitel mehr, sondern war vorne zu einer kleinen Welle geföhnt und endete am Hinterkopf in einen von einem schwarzen, breiten Band zusammengehaltenen kleinen Pferdeschwanz. Die großen und dennoch niedlich wirkenden Ohrläppchen präsentierten glitzernde Ohrstecker. Ihr Gesicht war sorgfältig und professionell geschminkt, was ihrer Gesichtshaut einen Elfenbeinton ohne sichtbaren Makel gab. Die Augenbrauen waren akkurat gezupft und betonten die mandelförmigen Augen, bei deren Farbeinordnung Thomas regelmäßig versagte. Er konnte sich nie so richtig festlegen, ob die vorherrschende Farbe grün oder grau war. Dunkel waren sie in jedem Fall, was die These, dass Augen das Fenster zur Seele wären, nur untermauerte.

Ihre Nase war vielleicht das Einzige an Ihrem Äußeren, das nicht perfekt war. Sie war zwar von normaler Größe und Form, hatte jedoch auf dem Nasenrücken einen kleinen Hügel. Als er sie eines Abends im Bett danach fragte, tat es ihm schnell leid, seinen Mund nicht gehalten zu haben. Doch nach einigem Hin und Her erzählte sie ihm schließlich die Geschichte, wie sie als Kind beim Schaukelweitspringen mit dem Gesicht auf der Kante des Sandkastens aufgekommen war. Sie betonte, dass vorher noch keiner so weit gesprungen sei. Das, was Thomas jedoch am meisten an Biancas Nase faszinierte, war etwas sehr Ungewöhnliches: Wenn er mit dem Zeigefinger ihre Nase mit der richtigen Kraft stupfte, konnte er den Knorpel ihrer Nasenspitze fühlen, der sich nahezu perfekt quadratisch anfühlte. Er hatte schnell gemerkt, dass er das nicht öfter als drei Mal an einem Abend machen durfte, sonst wurde sie erst skeptisch und dann sauer.

Unter der Stupfnase hatte sie perfekt in Rot geschminkte Lippen, die Oberlippe war etwas dünner als die Unterlippe und so formten sie einen sehr sinnlichen Mund. Thomas wusste, wozu dieser Mund in der Lage war und er lächelte unwillkürlich. Er ließ seinen Blick weiter hinabschweifen und ihm fiel auf, dass sie sich komplett umgezogen hatte. Statt dem üblichen biederen Bürooutfit trug sie nun ein helles, beigefarbenes Kleid, das so kurz war, dass es weit oberhalb ihrer Knie endete. Es hatte breite Träger, unter denen sie die Bänder ihres BHs verstecken konnte. Das weite Dekolletee war trapezförmig und über ihren Brüsten waagerecht geschnitten. Es zeigte viel Haut und lies doch keine tieferen Einblicke zu, wie er enttäuscht feststellte. Selbstkritisch erinnerte er sich, dass für heute Abend nur die Stufe drei gelten würde und riss sich zusammen.

»Und?«, fragte sie kokett mit beiden Armen in den Hüften und drehte sich wie ein Modell. »Du siehst super aus, Schatz!«, sagte er, als er bemerkte, dass er sie angestarrt hatte. »Hat ja auch tausend Euro gekostet«, setzte Bianca ihn ins Bild. Er hielt ihr den Arm hin und fragte: »Wollen sie mich vielleicht begleiten?« Bianca boxte ihn leicht gegen den Ellbogen, erwiderte: »Seh' ich etwa so altmodisch aus?« und ging voraus zum Firmenparkplatz.

Sie setzten sich in Thomas' Familienkombi und er fuhr in Richtung Konzerthalle. »Gib mir mal deine Hand, solange wir noch unter uns sind«, forderte sie, nahm seine Rechte entgegen und legte sie auf ihrem nackten Oberschenkel ab. Das Kleid war wohl hochgerutscht. Er konnte sich nicht gegen diese Versuchung wehren und ließ seine Hand spielend über ihre Schenkel wandern. Kurz vor dem Parkplatz stellte er zufrieden fest, dass ihr Slip sich inzwischen feucht anfühlte und nahm seine Hand wieder zu sich. »So, jetzt wird es ernst«, stellte er fest und Bianca musste sich fügen. Sie brachte ihre Kleidung wieder in Ordnung, bevor er den Wagen parkte.

Sie stiegen aus und Bianca drängte zur Eile, denn ihr war etwas kühl in ihrem Kleidchen. Einen Mantel wollte sie nicht auch noch morgens mit ins Büro nehmen; die drei Minuten, die sie bis zum Eingang brauchten, bereute sie diese Entscheidung, doch nur so lange, bis sie die Preise an der Garderobe sah. Ab dort wusste sie, dass sie es richtig gemacht hatte. Es ging nicht um die prinzipiell bezahlbare Höhe, sondern um die Unverschämtheit, für einen Kleiderhaken, den man zwei Stunden brauchte, eine zweistellige Summe aufzurufen.

Sie holten sich zwei Bier, die natürlich auch überteuert waren und gingen in die Halle zu ihren Plätzen. »Früher gab es nur Stehplätze«, wunderte sich Bianca. »Ja, wir werden halt alle älter und gesetzter«, versuchte sich Thomas in einem Wortspiel, das seine Begleitung zu seinem Bedauern nicht wahrnahm. Als sie sich gesetzt hatten, schienen sie eine kleine Auseinandersetzung über die Nutzung der gemeinsamen Armlehne zu haben. Für Außenstehende war nicht ersichtlich, dass sie sich nur noch gerne ein wenig mehr unauffällig berühren wollten.

Endlich begann die Show und sie waren voneinander abgelenkt. In den Pausen zwischen den Liedern versuchte Thomas, die nächsten Tage zu planen, doch es war offensichtlich nicht der richtige Ort, um logisch zu denken. Er rief sich daher nur in Erinnerung, dass er heute Abend um spätestens Mitternacht zuhause sein musste, um Gabi zu empfangen. Dabei fiel ihm seine Frau Isabell wieder ein, an die er seit ihrem Telefonat gestern Nachmittag nicht mehr gedacht hatte. Er nahm sein Mobiltelefon zur Hand und machte ein Foto von der Bühne. Es kostete ihn etwas Überwindung, das Bild mit dem Text, dass er sie vermisse, an sie zu versenden. Genau genommen war er lieber mit Bianca in diesem Konzert als mit Isabell. Nachdem er seine eheliche Pflicht damit erfüllt hatte, ließ er sich wieder voll und ganz auf die Show ein.

Sie hatten eine Menge Spaß und konnten sich sogar einmal öffentlich näherkommen, als eine sehr langsame Ballade gespielt wurde, bei der das Publikum sich beim Refrain traditionell wie beim Schunkeln in den Armen lag. Da der ganze Saal mitmachte, dürfte das niemandem auffallen. Es war sowieso das letzte Lied, so dass er mit Bianca im Arm unauffällig den Saal verlassen konnte. Sie wollten gerne vor dem Stau vom Parkplatz verschwunden sein. Bianca war das recht, weil sie am nächsten Tag wieder in der Frühschicht arbeiten musste und Martin wollte nicht zu spät nach Hause kommen, um seine nächste Verabredung nicht zu verpassen.

Auf der Rückfahrt zum Büro, auf dessen Parkplatz noch Biancas kleiner, roter Mini stand, sprachen sie nur das Nötigste miteinander. Sie fühlten sich gut und genossen die

Stille nach dem lauten Konzert. Beim Aussteigen wünschte ihm Bianca viel Spaß mit Gabi, obwohl er wusste, dass sie nicht begeistert davon war, dass er neben ihr noch mit jemand anderem fremd ging, vor allem mit jemandem, der so durchschnittlich in allen Belangen sei, wie sie ihm einmal an den Kopf geworfen hatte. Im Vergleich zu Bianca erschien so ziemlich jede andere Frau durchschnittlich, egal ob intellektuell oder körperlich. »Wer weiß, vielleicht wird aus uns ja doch noch ein Paar«, dachte er, als er die Rückfahrt antrat. Der Gedanke beschäftigte ihn die gesamte Fahrt über. Es war eine schwierige Gemengelage. Was wäre der Vorteil? Sie hatten bereits volles Vertrauen zueinander und schliefen miteinander, wenn beide es wollten und sie unter sich waren. Was sollte sich also verbessern?

Er kam zuhause an, fuhr den Wagen in die Einfahrt vor die Garage und ging ins Haus. Wenig später meldete sich sein Handy mit einer Textnachricht:

```
Gabi: Ding-Dong!
```

Er ging zur Tür und lies seine Nachbarin rein. Erst als die Tür zu war und sie im Wohnzimmer waren, küssten sie sich. »Was ist denn mit Tobias?«, erkundigte sich Thomas nach ihrem Mann. »Ach, der hat doch die ganze Woche Nachtschicht«, erinnerte sie ihn. »Ja, stimmt, hast du mir gestern schon gesagt, sorry, ich bin noch ganz hin und weg von dem Konzert«, sagte er und dachte lautlos weiter: »und meiner Begleitung«. Wieder laut sagte er: »Setz dich auf die Couch, ich komme gleich.«, worauf sie erwiderte »Da kannst du drauf wetten!«. Er tat amüsiert und ging in die Küche, um zwei Gläser Wein einzuschenken.

Gabi war komplett anders als Bianca oder Isabell. Gabi war einfach, unkompliziert und lebte nur für den Moment.

Sie hatte dunkelbraunes Haar, mit dazu passenden braunen Augen, die zur Pupille hin noch dunkler wurden. Ihre Augenbrauen waren fast natürlich, bis auf den Augenzwischenraum, der frei von Härchen gehalten wurde. Ihre Nase war klein und spitz und es machte ihm keinen Spaß, wenn Thomas sie drückte. Er hatte es mehrfach probiert. Sie war immer ungeschminkt, wodurch der schmale Mund unspektakulär aussah. Ihre Zähne waren so tadellos, dass sie Werbung für Zahnpasta hätte machen können. Außerdem mochte er ihren Geschmack, der ihn immer an Zitronengras erinnerte.

Sie trug stets unauffällige Kleidung, die ihre eigentlich adrette Figur so gut wie nicht betonte. Thomas erinnerte sich daran, wie er sie zum ersten Mal ausgezogen hatte und wie überrascht er war, was es dabei alles zu entdecken gab. Wenn er auf der Silberhochzeitsparty in der Nachbarschaft nicht schon stark angeheitert und Isabell nicht zu einer Schulung gewesen wäre, hätte er sich wahrscheinlich nicht auf dieses Abenteuer eingelassen. Da sie als Nachbarn zwangsweise denselben Weg nach Hause hatten und es natürlich so spät in der Nacht war, dass es schon wieder früh genannt werden konnte, hatte er sich breitschlagen lassen, Gabi nach Hause zu begleiten, damit ihr nichts zustieße. Gabi, die selbst auch zu tief ins Glas geschaut hatte, bestand darauf, dass er sie nicht nur zur Tür brachte, sondern bis ins Bett. Am Bett angekommen wollte sie dann von ihm ausgezogen und ins Bett gelegt werden. An viel mehr erinnerte er sich nicht mehr.

Sonderlich oft hatten sie sich seitdem nicht zu einem Schäferstündchen getroffen, weil dazu häufig die Gelegenheit fehlte. Außerdem gefiel Thomas zwar der relativ einfach gehaltene Akt an sich, jedoch waren nicht so viele

Gefühle im Spiel wie früher bei Isabell oder wenn er sich mit Bianca traf. Jetzt war es schon der zweite Abend hintereinander. Wenn seine Ehefrau noch länger in Oslo blieb, könnte das Ganze anstrengend werden.

Er trug die Weingläser ins Wohnzimmer und setzte sich zu Gabi auf die Couch. Viel Wein war jedoch gar nicht nötig, bevor es schon richtig zur Sache ging.

## 22: Wenn zwei das Gleiche tun, ist das noch lange nicht dasselbe

Während Isabell an ihrem Computer arbeitete, nahm Martin seinen Tee und stellte ihn auf den Nachttisch. Anschließend hievte er seinen Koffer aufs Bett und öffnete ihn.

Isabell klappte ihren Rechner diesmal zu und legte sich wieder ins Bett. »Was genau tust du mit diesem Koffer, Rudolf?«, fragte Isabell plötzlich gut gelaunt. »Normalerweise verreisen. Als Mann reise ich ja in der Regel mit leichtem Gepäck, deshalb habe ich eine Seite des Rollkoffers immer frei. Da kommt meine Technik, wie das iPad oder Ladekabel, rein und je nach Ziel auch einiges an Verpflegung. Möchtest du auch einen Schokoriegel, um bis zum Frühstück durchzuhalten?«, fragte er Isabell freundlich. »Hast du ein Snickers oder ein Nuts?«, wollte sie wissen. »Ja, mit Snickers kann ich dienen. Bitte sehr!«, sagte er und warf ihr den Riegel gut fangbar zu. Er nahm sich eine Mini-Prinzenrolle und legte sie aufs Bett. Danach schloss er den Koffer und tauschte die Plätze mit ihm.

Sie aß ihr Snickers bereits, bevor er richtig lag. »Also, meine Fragen:«, kündigte Martin an: »Erstens: Wieso habt ihr eine Überwachungskamera im Wohnzimmer und wer kam auf diese ungewöhnliche Idee? Zweitens: Wieso lässt du deine Wut darüber, dass Thomas dich nicht mit Bianca betrügt, an mir aus? Und schließlich die wichtigste Frage, die du dir stellen solltest: Wohnt Eure Nachbarin in Hausnummer acht? Und falls ja, wieso hast du die Beziehung der beiden nicht bemerkt, immerhin geht sie schon ein paar Monate!«

Martin öffnete die Kekspackung und knabberte eine Schokoladenwaffel. Isabell gab vor, noch kauen zu müssen, um mehr Zeit zum Überlegen zu haben. Dann sagte sie: »Erstens: Thomas wollte unbedingt eine Kamera haben, um Einbrecher identifizieren zu können. Das war vor einigen Jahren. Vermutlich hat er das inzwischen vergessen oder er denkt, ich hätte die Kamera vergessen. Zweitens: dich anzuschreien und zu bewerfen war ungerechtfertigt, das weiß ich doch. Du hast meinen Frust nur abbekommen, weil sonst niemand im Raum war. Das passiert mir öfter, teilweise auch im Büro. Ich bekomme das nicht wirklich unter Kontrolle. Dennoch musst du als mildernde Umstände anerkennen, dass wir ohne meinen Sockenwurf Thomas' Geheimnis gar nicht aufgedeckt hätten. Und woher weißt du überhaupt, wo Gabi wohnt und wie lange die beiden schon miteinander schlafen? Kennst du sie etwa auch?«

Jetzt war es an Martin, einen Meisterdetektiv zu geben: »Nun, mein lieber Watson, das war doch so offensichtlich, dass es mich schon sehr wundert, wie sie diesen Fakt übersehen konnten, wo er doch direkt vor Ihrer Nase lag.« Auf Isabells Gesicht spiegelte sich nun völlige Ahnungslosigkeit gepaart mit freudiger Erwartung auf den nächsten Teil der Erklärung. »Es geht um den Geburtstag von Thomas. Die Affäre ging schon vor seinem letzten Geburtstag los, denn auf der Karte von dem großen Blumenstrauß waren zwei Kreise, also eine 8. Eine ebenso geschickte wie auch offensichtliche Unterschrift. Ich glaube kaum, dass die Irreführung mit einem B beabsichtigt war, doch hier war wohl der Zufall am Werk, der geholfen hat, die Wahrheit zu verschleiern.«

Nun war es an Isabell, zu applaudieren. Martin deutete liegend eine Verbeugung nur an und streckte stattdessen seinen Kopf nach vorne und spitzte die Lippen, offensichtlich in Erwartung eines Kusses. Isabell ließ ihn nicht hängen. Es schmatzte laut, weil beide dieselbe Idee hatten. Einmal mehr lachten sie gemeinsam.

»Für heute reicht es mir erst mal mit dem Detektiv spielen, wir sollten schlafen, denn morgen nach dem Frühstück geht es dann wirklich wieder auf die Fähre, es sei denn, du möchtest noch einen Tag länger bleiben.« Isabell dachte tatsächlich einige Sekunden darüber nach. »Hmmm«, sagte sie unschlüssig, »Eigentlich möchte ich ja schon noch gerne mit dir hierbleiben, doch auf der anderen Seite möchte ich auch nach Hause und dort klar Schiff machen. Dann gibt es auch zwischen uns beiden weniger Störfeuer aus meiner Ehe. Außerdem können wir ja noch einmal länger nach Oslo kommen und das so oft wir wollen.« – Martin stimmte ihr zu: »Das ist richtig. Dennoch wird dann der Reiz des Verbotenen fehlen und das ist vielleicht sogar besser so. Ach ja, wenn wir also morgen wieder früh raus wollen, zieh bitte meine Reizwäsche aus, sonst kann ich nicht dafür garantieren, dass ich dich heute Nacht schlafen lasse.«

»Ich muss eh noch aufs Klo«, sagte Isabell und war schon auf dem Weg. Als sie wieder herauskam, trug sie das rotschwarze Dessous immer noch und zwinkerte Martin reizvoll zu, bevor sie das Licht löschte.

## 23: Eine heile Welt gibt es nur unter zweien

Die letzten Tage (und Nächte) waren wohl doch etwas anstrengender als ihr sonstiger Alltag gewesen, so dass beide bis zum nächsten Morgen durchschliefen. Isabell wurde zwar etwas früher wach als ihr Liebhaber, doch sie schien keine große Lust zu haben, sich zum Frühstück frisch zu machen. Daher ging Martin als erster unter die Dusche und machte sich für den Tag fertig, obwohl er etwas länger geschlafen hatte.

Er war auch nicht besonders motiviert, die schöne Auszeit mit der vielversprechenden Zukunft durch ihre Abreise zu beenden; er brauchte sogar knapp 20 Minuten im Bad. Doch niemand stoppte die Zeit.

Schließlich war er fertig und sagte: »Kommt hoch ihr lahmen, müden Leiber, die Pier steht voller nackter Weiber!« Isabell lächelte müde und insgesamt wenig beeindruckt. »Was soll das denn sein?«, fragte sie unwissend. Martin erklärte ausführlicher, als sie es sich um diese Uhrzeit gewünscht hätte: »Eine alte Seemansweise. Mein Opa war als U-Bootfahrer bei der Marine. Der Spruch geht noch weiter, doch die darin geschilderte Erkenntnis ist traurig und herzzerreißend.« – »Okay«, tat sie ihm den Gefallen, »wie geht der lustige Spruch traurig weiter?« – Er sprach schuldzuweisend: »Der Bootsmann hat uns angelogen, sie sind noch alle angezogen!«

Sie stand schnell auf und fragte schelmisch: »Das nennst du angezogen?« Er konnte seinen Blick nicht von ihrem Körper nehmen, der immer noch von dem rot-schwarzen

Dessous-Set an den genau richtigen Stellen betont wurde. Die Situation genießend stellte sie ein Bein nach vorne, legte einen Arm an die Hüfte, zog den Bauch ein und streckte die Brust raus. Den Kopf nahm sie so hoch es ging. Unbewusst nahm er sein Handy vom Schreibtisch und machte ein Foto.

»Hey, geht's noch?«, fragte Isabell lauter als beabsichtigt. »Nur für mich«, murmelte Martin und legte das Handy wieder weg, »oder traust du mir nicht?« Sie sagte: »Dir schon, doch wer weiß, wer das Bild alles findet.« – »Keine Angst, meine Daten sind gut geschützt«, versuchte er die Wogen zu glätten. »Ist mir egal. Lösch das Bild. Sofort!« Martin wurde klar, dass sie es ernst meinte. Er nahm sein Handy wieder und tippte und wischte darauf herum. »So, zuhause machen wir dann eine Fotosession mit meiner Spiegelreflexkamera, ok? Die hat keinen Internet-Anschluss.« – »Wozu brauchst du Bilder, wenn du das Original haben kannst?«, fragte sie selbstbewusst. »Naja, für den Fall, dass das Original mal nicht verfügbar ist. – Was ist jetzt mit Frühstück?«, wechselte er abrupt das Thema. »Ich weiß auch nicht, …«, druckste Isabell herum.

Martin ging ein Licht auf. »Kann es sein, dass du nach deiner Szene im Frühstückssaal gestern nicht so gerne den anderen Gästen über den Weg laufen möchtest?«, mutmaßte er. »Es tut mir immer noch total leid, Rudi! Und ja, es ist mir peinlich.« – »Rudi???«, fragte er mit gespieltem Entsetzen. »Ja, ein Kosename für deinen Kosenamen, sozusagen ein Metakosename«, erklärte sie beinahe wissenschaftlich. Er grinste. »Sehr schön, soll mir recht sein. Dann leg dich wieder hin, mein Segelchen!« – »Soll ich hier warten, bis du gefrühstückt hast? Dann bring mir bitte unauffällig was mit«, bat sie.

»Alles wird gut, Honeybunny«, zitierte er aus Pulp Fiction, »ich kann verstehen, dass es dir keinen Spaß macht, dich beim Essen unten im Hotel anstarren zu lassen. Wir frühstücken heute im Bett!« Er nahm das Hoteltelefon zur Hand und rief die Rezeption an. Nach einer Minute lag er auch wieder im Bett und sie kuschelten miteinander. Gerade inmitten eines wirklich langen und innigen Kusses klopfte es und nichts weiter geschah. Martin löste sich von ihr und ging zur Tür. Er öffnete sie und nahm das davorstehende Tablett mit ins Zimmer. Isabell hatte inzwischen die Bettmitte freigeräumt, um Platz für das Essen zu machen. Es war ein großes und volles Tablett. »Na, das wird für uns beide reichen«, stellte sie fest und begann damit, sich Kaffee aus einer Kanne in eine Tasse zu schütten.

Martin ging noch einmal weg und kam kurze Zeit später mit einem zweiten Servierbrett, das er auf seine Seite der Bettmitte stellte, wieder zurück. »Dann reicht das ja für Isi, für Martin, für mein Segel und für Rudi!«, sagte Martin und begann ebenfalls zu frühstücken.

Es war ein Festmahl! Sie fütterten sich gegenseitig, probierten alles, was die Küche ihnen aufgetischt hatte und waren glücklich in ihrer heilen, gemeinsamen Welt auf dem Bett. Beiden war klar, dass sie bald abreisten, doch sie genossen den Moment ohne Gedanken an die Vergangenheit oder die Zukunft.

## 24: Glück ist nicht, am Ziel der Reise anzukommen, sondern mit wem und wie man verreist

Als schließlich beide keinen Bissen mehr herunterbekamen räumte jeder das Tablett seiner Seite ab. Darauf hoffend, dass Isabell noch einmal ins Bett zurückkäme, ließ sich Martin auf seine Seite fallen und sah sich um. Isabell rief aus dem Badezimmer: »Ich hole dann jetzt das Duschen nach, bevor wir packen, oder musst du noch aufs Klo?« – »Nein, alles gut«, antwortete Martin etwas enttäuscht, doch Isabell flötete nur ein »Guuu-uuut!« aus dem Bad und schloss die Tür.

Martin nahm sein Handy und prüfte seine Nachrichten. Er leitete ein paar Mails zur Bearbeitung an seine Innendienstkraft weiter und stellte zufrieden fest, dass im Büro nichts anzubrennen schien. Lohnenswerte Geschäfte hatten sich während seiner Abwesenheit jedoch auch nicht angekündigt. Er schrieb Jonas, dass sie heute frühzeitig an der Fähre sein wollten und fragte, ob er sie fahren wolle. Dann rief er bei der Fährgesellschaft an, um eine Kabine für die Rückfahrt zu buchen, überlegte es sich spontan jedoch anders und brach den Anruf ab. Persönlich konnte er besser verhandeln als am Telefon. Jonas hatte inzwischen mit einem Daumen hoch und einer Uhrzeit geantwortet.

Etwas traurig darüber, das Zimmer, Oslo und schlussendlich in Deutschland auch Isabell bald verlassen zu müssen, begann er zu packen. Er hatte an diesem Morgen seine letzte frische Unterhose angezogen. Er nahm sich vor, auf dem Schiff für Nachschub zu sorgen und packte langsam weiter.

Als Isabell aus dem Badezimmer kam, trug sie die Reizwäsche in den Händen und gab sie Martin. »Hier, deine Sachen sollten auch in deinen Koffer«, grinste sie ihn schief an. Er bot ihr an, noch mehr Sachen in seinen Koffer zu packen, denn sie habe schließlich noch einiges zusätzlich eingekauft. Isabell schaffte es, das Klamottentetris innerhalb ihres Koffers zu lösen, ohne dass er mit Extraplatz aushelfen musste. Nur ihr Notebook hatte sie übersehen, weil darauf inzwischen ein Tablett stand. »Ich stecke es ein und auf dem Schiff bekommst du es wieder zurück«, bot Martin an, diesmal keine Gegenrede zulassend.

Schließlich hatten sie alles eingepackt und auch die Kontrollrunden ergebnislos beendet. »Hast du schon ein Taxi gerufen?«, fragte Isabell, die Martin inzwischen wieder besser einschätzen konnte als noch bei der Abfahrt in Kiel. Er nickte und sie verließen das Zimmer langsam und ohne Eile.

Unten an der Rezeption gaben sie die Schlüsselkarten ab und diesmal war es Martins Kreditkarte, die belastet wurde. Er gab noch ein kleines Trinkgeld in bar und sie verließen das Hotel. Draußen warteten sie nur einige wenige Minuten, bevor ihr persönliches Taxi vorfuhr. Jonas stieg aus, öffnete den Kofferraum und verstaute die beiden Koffer, während Martin bereits seiner Freundin eine Tür zum Einsteigen offenhielt. Nach einigen Metern begann Martin eine Unterhaltung und fragte Isabell, ob sie damit einverstanden sei, diesmal nur eine Kabine zu buchen. Sie hatte keine Einwände und sagte: »Gern. Ich habe ein komisches Gefühl, jedoch nicht wegen der gemeinsamen Kabine, sondern eigentlich freue ich mich auf die Schifffahrt und die gemeinsame Zeit mit dir, wenn da nicht der Abschied und die unsichere weitere Entwicklung hinterher wäre.« – »Ich weiß, was du meinst«, antwortete Martin, »doch das wussten wir schon bei der Abfahrt. Es war von vorneherein eine Reise in eine völlig offene Zukunft und so wie es sich entwickelt hat, ich meine: wie wir uns entwickelt haben, lief es viel besser, als ich zu träumen gewagt hätte. Wir haben doch jetzt jede Menge Zeit, zuhause alles zu regeln und dann ein gemeinsames Leben zu planen, oder?« Isabell nickte zustimmend und nahm seine Hand.

»Wie ist eigentlich deine Wohnsituation? Gehört das Haus euch beiden zur Hälfte?«, wollte Martin wissen. Isabell verneinte und erklärte: »Wir wohnen in Thomas' Elternhaus, daher werde ich wohl ausziehen. Außerdem möchte er vermutlich nicht von der Hausnummer 8 wegziehen.« – »Ich kann dir anbieten, vorerst bei mir einzuziehen«, bot Martin an, »meine Wohnung ist eh zu groß, seitdem Chantal und Karla ausgezogen sind. Dann hättest du jedoch einen weiteren Weg zur Arbeit.« – »Ich arbeite seit der Pandemie sowieso fast immer im Homeoffice. Da könnten wir auch nach Oslo ziehen«, träumte sie kurz.

»Ich habe ein festes Verkaufsgebiet, so flexibel wie du bin ich da leider nicht«, stellte er ungewohnt nüchtern dar, »Jedoch kann ich dir immerhin einen Gigabit-Glasfaseranschluss anbieten.« – »Das ist schon mal gut«, sagte sie, »wir sollten uns trotzdem Zeit lassen und das in Ruhe angehen.« – »Ruhe, Geduld, Gelassenheit: Alles Eigenschaften, die ich sehr an anderen bewundere, weil ich sie selbst nicht habe. Ich weiß, dass du Recht hast und hoffe, dass ich die Füße lange genug stillhalten kann, bis du auch offiziell meine Lebenspartnerin sein darfst.« – »Keine Bange«, empfahl sie, »wir haben noch einen ganzen Tag, an dem ich nur dir gehöre, bevor uns der Alltag wieder hat. Und dafür haben wir immerhin noch unseren Chat; telefonieren können wir dann auch viel öfter und ich muss es nicht mehr heimlich tun. Alles wird gut, Honighase!«

Der Wagen bog inzwischen bereits auf das Hafengelände ein und sie näherten sich dem großen Terminalgebäude. Jonas hielt auf dem Parkplatz direkt vor dem Eingang, der zum Ein- und Ausladen reserviert war, ließ die beiden aussteigen und übergab ihnen ihr Gepäck. Sie verabschiedeten sich herzlich und schon bald standen sie allein vor dem Eingang. »Wir sind früh dran«, stellte Martin fest, »Das ist auch ganz gut, denn ich will ja noch eine Kabine für die Überfahrt buchen.«

Sie gingen hinein und suchten als erstes einen netten Platz in der Wartezone, an dem Isabell mit dem Gepäck bleiben konnte. Martin küsste sie »Vorsichtshalber«, wie er sagte, und ging dann in das Servicebüro der Fährgesellschaft.

Er wurde von einer netten Brünetten begrüßt, die ihn fragte, welche Sprache ihm am liebsten sei. Sie einigten sich auf Deutsch und nach ein paar Komplimenten zu ihrem fehlenden Akzent erfuhr er, dass sie in Stuttgart aufgewachsen war. Nach der kurzen Kennenlernphase erläuterte er ihr, dass seine Freundin und er vor zwei Tagen in Oslo gestrandet seien und erzählte die Geschichte von der Rettungshubschrauberlandung. Er hatte keine Hemmungen, sich als Opfer zu inszenieren, in der Hoffnung, eine bessere Kabinenkategorie herausschlagen zu können. Die Wahlnorwegerin entschuldigte sich im Namen der Gesellschaft für die Unannehmlichkeiten und wies darauf hin, dass sogar relativ viele Gäste die besagte Fähre verpasst hätten, weshalb das Schiff, das am Vortag nach Kiel fuhr, nahezu ausgebucht gewesen sei. Die derzeitige Überfahrt sei dagegen nicht besonders gut gebucht, so dass es an Bord angenehm leer werden sollte.

Da sie Martin sympathisch fand und seine Geschichte in keiner Weise anzweifelte, bot sie ihm ein Upgrade auf eine bessere Kabine an, ohne einen Aufpreis zu berechnen. Er erhielt zwei Bordkarten und bedankte sich freundlich. Er ging noch zur Theke, an der verschiedene Getränke angeboten wurden und nahm zwei dampfende Kaffeebecher mit zu Isabell, neben der er Platz nahm.

Sie freute sich über das Getränk und erkundigte sich neugierig, ob sie denn nun auch mitfahren dürften. »Nicht nur das, wir haben keine 3-Sterne Kabine mehr, wie auf der Hinfahrt, sondern eine 4-Sterne Kabine zum selben Preis bekommen. Das bedeutet nicht nur, dass die Kabine ein klein wenig größer ist, sondern – was viel wichtiger ist – besseres Frühstück, sowie freies WLAN und freie Minibar.« – Isabell wunderte sich: »Waaas? Das muss doch viel teurer sein als die normalen Kabinen!« – »Ja«, antwortete Martin, »normalerweise kosten die mehr als das Doppelte von den günstigen. Allerdings, wenn man das Frühstück, das sonst extra kostet, berücksichtigt, lohnt es sich schon wieder. Wenn man dann noch, so wie wir beide jetzt, ein kostenloses Upgrade erhält, lohnt es sich umso mehr.« Isabell war hinreichend beeindruckt und bewunderte sein Verhandlungsgeschick einmal mehr. Sie zog ihn ohne Rücksicht auf die festen Mittelarmlehnen der Stuhlreihen zu sich und küsste ihn, bis er sich ächzend zurück auf seinen Stuhl fallen ließ, weil die Lehne ihm zu sehr in den Bauch drückte. »Heben wir uns das für die Kabine auf, ja?«, verhandelte er schon wieder. Sie nickte nur lächelnd.

Da an diesem Tag viel weniger los war als bei der Abfahrt in Kiel und sie zudem fast ganz vorne in der Schlange standen, kamen sie ziemlich früh an Bord des Schiffes. Isabell kannte sich nun auch schon etwas aus und konnte so weitgehend auf Martins Führung verzichten. Sie fanden ihre Kabine auf einem der höheren Decks. Sie war um einige Quadratmeter größer und hatte keine Verbindungstür. Die Minibar war voll mit Softdrinks und Süßigkeiten. »Alles schon bezahlt!«, sagte Martin und öffnete eine Cola. Sie teilten sich die Flasche und packten aus. Da sie diesmal nur eine Nasszelle nutzen konnten, besprachen sie, wer welchen Platz in Anspruch nehmen wollte. Dabei durfte Isabell fast alle ihre Vorstellungen und Forderungen durchsetzen, denn Martin war es schlichtweg egal, wo und wie seine Hygieneartikel angeordnet waren. Isabell musste kurz an die vielen Auseinandersetzungen mit Thomas denken, wenn sie verreist waren. Das schien jetzt anders zu sein – und anders war gut.

## 25: Wenn Liebe und Glück zusammenkommen, ergibt sich Liebesglück

»Wollen wir wieder hoch aufs Deck, um Burger zu essen?«, fragte Martin nach dem Auspacken. Isabell schüttelte den Kopf und antwortete: »Nein, eine Wiederholung von glücklichen Ereignissen funktioniert meistens nicht. Lass uns etwas Neues probieren. Wenn möglich mit kleineren Portionen.« Martin lächelte sie verständnisvoll an. »Dann weiß ich genau das Richtige für einen kleinen Mittagssnack«, versprach er und streckte ihr seine Hand samt Arm einladend entgegen. Sie verließen ihre neue Kabine und fuhren mit dem Aufzug zum Promenadendeck.

Dort führte Martin sie zu einem Café, an dem sie bisher immer recht achtlos vorbeigelaufen waren. Es bot viele Sitzmöglichkeiten für jede Gruppengröße und hatte einen langen Verkaufstresen zur Selbstbedienung. Sie nahmen sich jeweils ein Tablett und dann konnte sich jeder sein Essen selbst zusammenstellen. Isabell nahm einen Krabbensalat mit Brot und dazu einen Kaffee. Martin war wieder eher deftig unterwegs und legte ein Käse-Schinken-Sandwich auf sein Tablett, doch beim Kaffee tat er es ihr gleich. An der Kasse überraschte er Isabell, indem er seine Smartwatch in einer schnellen Bewegung an das Kartenlesegerät hielt, bevor Isabell ihre Kreditkarte hineinschieben konnte. »Erster!«, rief er stolz. Sie blickte die Kassiererin entschuldigend an, die fröhlich zurücklächelte und bedeutungsvoll sagte: »Viel Spaß noch an Bord!«

Sie trugen ihre Auswahl zu einem der zahlreichen freien Tische. Sie waren mal wieder früh dran. Das Café war so konzipiert worden, dass die Gäste einen weiten Blick auf die Promenade hatten und das Ankommen der anderen Gäste an Bord beobachten konnten. Sie sahen zwar die Rastlosigkeit der Welt, befanden sich jedoch in einer eigenen, ruhigeren Stelle außerhalb des Trubels.

»So frische Krabben gibt es bei uns einfach nicht«, stellte Isabell fest und aß genießerisch. »Ja, Fisch können die hier oben«, stimmte Martin ihr zu und war froh, dass sein unfischiges Baguette zumindest durchschnittlich schmeckte. Isabell fragte: »Gehen wir heute Abend wieder in die Show?« Martin sah unentschlossen aus, als er sagte: »Darüber habe ich auch schon nachgedacht. Wären wir gestern oder morgen gefahren, lautete die Antwort definitiv ja. Heute jedoch haben wir dasselbe Schiff wie auf der Hinfahrt, so dass die Show exakt dieselbe sein wird, wie die, die wir schon gesehen haben. Cocktails bekommen wir auch anderswo auf diesem Deck. Auf der anderen Seite war die Stimmung nicht schlecht. Ich antworte daher mit einem entschiedenen ‚vielleicht'.«

Isabell nickte und schien sich auch nicht festlegen zu wollen. »Entscheiden wir das spontan. Da das Schiff nicht so voll wird, können wir es vermutlich riskieren, einfach zu Beginn ohne Reservierung da aufzukreuzen. Hast du ansonsten noch irgendetwas Bestimmtes vor auf der Rückfahrt?« – »Ja, diesmal muss ich etwas einkaufen, und zwar in zwei verschiedenen Läden.« Isabell schaute etwas verschwörerisch, als sie fragte: »Darf ich dich begleiten oder ist das ein Geheimnis?« – »Es wird kein Geschenk für dich, falls du das meinst«, sagte Martin und Isabell sah etwas enttäuscht aus, oder bildete er sich das nur ein? Er fuhr fort:

»Im Moment habe ich überhaupt keine Geheimnisse vor dir – ist das nicht etwas langweilig für dich? Auf Dauer nur Offenheit und Ehrlichkeit?« Sie brauchte nicht zu überlegen: »Nein, nicht langweilig, das ist mal schön, zur Abwechselung.« – Diesmal dachte Martin ein paar Sekunden nach, bevor er sagte: »Meine Ehe haben wir beendet, weil wir kaum noch Gemeinsamkeiten hatten und es in den letzten Jahren eher einer Wohngemeinschaft geglichen hat als einer Ehe. Trotzdem waren wir immer ehrlich und niemand hat den anderen betrogen, auch nicht im Bett übrigens. Deshalb gelingt Chantal und mir jetzt auch ein relativ einvernehmliches Auseinanderdividieren und wir starten keinen Rosenkrieg. Wie ist das bei dir?«

Isabell errötete leicht und steckte sich noch eine Gabel voll Krabbensalat in den Mund, offensichtlich, um Zeit zu gewinnen. Sie rutschte unbehaglich auf ihrem Stuhl hin und her. »Das ist eine gemeine Fangfrage!«, warf sie Martin schließlich vor und erklärte: »Egal, welche Fehler ich eingestehe oder Thomas zuschreibe, du wirst dieses Verhalten in die Zukunft und damit auf unsere Beziehung projizieren. Das führt dazu, dass du misstrauisch in irgendeine Richtung wirst. Das wäre nicht gut für uns. Meine Ehe mit Thomas muss ich mit Thomas aufarbeiten, nicht mir dir.«

»Schon gut, ‚atmen und lächeln'«, zitierte er ihren Tanzlehrer aus der Jugend und sie musste bei der Erinnerung unwillkürlich grinsen. »Vom Grundsatz her hast du Recht«, sprach er weiter, »doch Offenheit und Ehrlichkeit sind die wichtigsten Grundpfeiler für eine Freundschaft. Wenn dich eine Altlast aus deiner Ehe beschäftigt oder belastet, muss ich das wissen, damit ich richtig mit dir umgehen kann.« Isabell lächelte ihn an und sagte: »Ich verspreche dir, dass ich nicht dieselben Fehler mit dir wie mit meinem Ex machen werde.« – »Siehst du, da sind wir wieder beim Thema Langweile. Es gibt so viele Fehler, die wir machen können«, sagte er, »da sollten wir keine wiederholen, die wir schon kennen. Suchen wir uns neue aus!« Isabell fragte mit unsicherem Blick: »War das eine Aufforderung?« – »Nein, die Fehler kommen schon von ganz allein zu uns, mach dir da keine Sorgen.«

Mit dem Essen waren sie inzwischen fertig, genossen jedoch noch den Kaffee. Isabell setzte sich vom Stuhl gegenüber von Martin neben ihn auf die Bank und nahm seine Hand. Gemeinsam schauten sie wie durch ein Guckloch in die viel zu schnell ablaufende Welt auf der Promenade. Er gab ihr seine andere Hand und nahm seine Freundin mit der freiwerdenden in den Arm. Sie lehnte sich an ihn und er atmete durch ihr Haar ihren Duft ein. Noch einmal verlangsamte sich die Welt.

Es waren zehn Minuten vergangen, bis sie bereit waren, sich in das Getümmel der Geschäftswelt zu stürzen. Zuerst suchte Martin ein Modegeschäft und ließ sich dort von Isabell zur neuesten Männerwäschemode beraten. Er wusste bisher gar nicht, dass es so etwas gab. Sie suchte ihm verschiedene Unterhosen aus, die sie ihm »gerne auch wieder ausziehen« würde, wie sie sagte. Er entschied sich trotzdem für die bequemen Boxershorts und ging zur Kasse.

Den zweiten Laden aufzusuchen, war etwas schwieriger. Dazu musste man schon wissen, was man sucht und auf den Schiffsplänen nachsehen, die strategisch auf dem Promenadendeck verteilt waren. Sie mussten eine ganz bestimmte Treppe nehmen, um ein Deck nach unten zu kommen und fanden dort schließlich den Duty-Free-Shop.

»Pass auf, Isi! Meistens sind die Packungen hier mit viel mehr gefüllt als wir es von zuhause kennen«, sagte Martin bei Betreten des Ladens. Er nahm einen lustig aussehenden Einkaufskorb, den man sowohl tragen als auch auf Rädern hinter sich herziehen konnte. »Der reicht für uns beide«, bot Martin an.

Der Laden war weder besonders groß noch auffällig klein und das Warenangebot bestand zum Großteil aus Alkohol und Süßwaren. Martin ließ den Alkoholgang links liegen und ging zielstrebig zu den Süßigkeiten. Er lobte gelegentlich die norwegische Schokolade und legte reichlich davon in den Korb. Isabell suchte sich auch vorrangig Schokolade und Schokoriegel aus. Weingummi und Lakritz waren bei den beiden eher nicht so gefragt.

An der Kasse sagte Isabell zu Martin: »Das ist ja wie im Schlaraffenland!« – »Ja, nur ist hier nicht alles gratis, sondern nur etwas günstiger. Außerdem ist die Kalorienanzahl nicht zu unterschätzen. Der Vorrat muss reichen, bis wir wieder auf diese Tour gehen«, sagte Martin. »Bist du irre?«, fragte Isabell, »Bis zum Sommer kann ich das unmöglich alles essen.« Martin lächelte von den unerwartet guten Zukunftsaussichten übermannt und drückte Isabell kurz an sich, bevor sie beide jeweils für ihre Einkäufe zahlten.

Sie fuhren mit dem Aufzug zurück auf ihre Kabine und einigten sich darauf, die italienische Show diesmal nicht zu besuchen. Sie wollten den vorerst letzten gemeinsamen Abend lieber zu zweit im Bett und vor dem Fernseher verbringen. Der Wunsch nach Zweisamkeit war nach all den Jahren des aus den Augen verloren Habens noch lange nicht befriedigt. Es war diese unglaublich prickelnde Mischung aus genau kennen und neu kennenlernen, die den speziellen Reiz ihrer jetzigen Beziehung ausmachte.

Vor dem nächsten Morgen wurde die Kabinentür nur zwei Mal geöffnet. Martin hatte sich angeboten, an der Bar Bella, einer Abhol-Theke der Pizzeria, in der sie bereits auf der Hinfahrt gegessen hatten, eine Pizza zu kaufen und mit auf die Kabine zu bringen. Isabell staunte nicht schlecht, als er mit einer Familienpizza in Wagenradgröße und einer Flasche Baileys wieder hereinkam. »Musst du eigentlich immer übertreiben?«, fragte sie mit leichtem Vorwurf in der Stimme. »Ja, manchmal«, schränkte er ein, »ich wollte mich einfach nicht mit der Zweitbesten zufriedengeben.« Er ließ offen, ob er Pizza oder Partnerin meinte. Jeder dachte sich seinen Teil.

Die Nacht war heiß, die Pizza nicht mehr. Es waren nur zwei Stücke übriggeblieben. Sie hatten jede Menge Spaß, Sex, Essen, Baileys, Fernsehen und waren sich einig, dass sie die schönere Kabine gut ausgenutzt hatten. Gegen Mitternacht kamen sie überein, nun zu schlafen, denn der nächste Morgen war wieder mit Aufstehen, Waschen, Frühstücken und Abreisen durchgetaktet. Hoffentlich würde sich der zu erwartende Kater in Grenzen halten.

## 26: Jedem ernsthaften Abschied folgt ein Neubeginn

Am nächsten Morgen waren beide nicht so recht motiviert, den Tag beginnen zu lassen. Sie lagen nach dem gemeinsamen Guten-Morgen-Wunsch noch eng nebeneinander. Schließlich war es Martin, der aufstand und sagte: »Ich geh zuerst duschen, wenn du es schaffst, aufzustehen, empfehle ich dir, schon mal zu packen. Wenn ich dann fertig bin, machen wir es umgekehrt.« – »Können wir hier auf der Fähre auch auf dem Zimmer frühstücken?«, fragte Isabell fast schon Mitleid erregend. Martin erinnerte sie: »Und das viel bessere Frühstück als auf der Hinfahrt sausen lassen? Das ist das Beste an dieser Kabine!« Sie lächelte und warf die Bettdecke beflügelt durch die Aussicht auf ein gutes Frühstück neben sich. Martin musste sich zwingen, den Blick von ihr zu nehmen und verschwand auffällig zügig in Richtung Dusche.

Als er das Bad mit seiner gefüllten Kulturtasche wieder verließ, hatte Isabell ihren Koffer bereits gepackt und sogar das Bett gemacht. »Die Nächste, bitte«, rief Martin wie es früher beim Arzt üblich war. Isabel huschte an ihm vorbei und drückte ihm im Vorbeigehen einen flüchtigen Kuss auf den Mund. Sie ließ die Tür offen und ging unter die Dusche. Einige Augenblicke stand er unentschlossen in der Kabine herum, bevor er seine Gedanken wieder auf das Einpacken der wenigen herumliegenden Sachen fokussieren konnte. Die offenstehende Badezimmertür wertete er als weiteren Vertrautheitsbeweis.

Beim Verlassen der Kabine wies Martin auf die entgegengesetzte Richtung des Ganges und nicht dorthin, wo die »westfälische Großkantine« lag. Sie gingen zum Heck des Schiffes, dort, wo die teuren aufpreispflichtigen Restaurants angesiedelt waren. Diesmal waren sie nicht besonders früh dran, doch das Schiff war ja glücklicherweise nicht so voll. Sie gingen eine breite Treppe hinunter, die wie eine Showtreppe im Halbkreis nach unten zum Restaurant führte. Zum Frühstück war dort freie Platzwahl. Sie setzten sich an einen Tisch in zweiter Reihe vor der Rückwand, die in der gesamten Breite komplett aus Glas bestand und über zwei Decks Höhe ging. Hier hatte man einen atemberaubenden Blick auf das Meer und das Kielwasser, das wie eine gerade Furche im Meer lag.

Isabell schaute Martin eine Weile begeistert an, bevor sie übertrieben vorwurfsvoll fragte: »Wieso haben wir auf der Hinfahrt nicht hier gefrühstückt?« Martin hätte die Frage am liebsten wie Unrat vorbei schwimmen lassen und überhört, doch Isabells Gesichtsausdruck machte klar, dass sie ihn nicht ohne eine Antwort davonkommen lassen wollte. Er holte tief Luft und setzte zur Erklärung an: »Nun, ich bin doch gelernter Kaufmann und daher bin ich es gewohnt, Investitionen möglichst nur in aussichtsreiche Vorhaben zu stecken. Wenn wir uns in den letzten Tagen nicht wieder nähergekommen wären, hätte ich sowieso schon eine Menge Geld, Zeit und Gefühle in den Sand gesetzt. Ich hätte jedoch auch, wenn wir das Upgrade nicht kostenlos bekommen hätten, dafür gezahlt. Das hatte ich für den Fall eines erfolgreichen gemeinsamen Urlaubs sowieso vor.« – »Und? Wie soll ich jetzt wissen, ob der Urlaub für dich erfolgreich war?«, blieb sie ihrer gewählten Rolle treu. Martin stand auf und forderte sie mit einer Geste auf, ebenfalls aufzustehen. Als sie sich erhob, empfing er sie schon mit einer Umarmung und küsste sie innig. Anschließend fragte er sie: »Reicht dir das als Beweis oder muss ich dich jetzt sofort hier auf dem Tisch…« – »Frühstücken!«, rief Isabell schnell dazwischen, »Wir werden jetzt sofort hier an dem Tisch frühstücken!« Er nickte brav und verschwieg ihr, dass er den Satz sowieso nicht vollendet hätte. Zufrieden über den Verlauf dieser kurzen und doch spannenden Episode gingen sie in Richtung des Buffets.

Hier gab es nicht so viele Gänge wie im Grand Buffet, doch dafür waren die hier dargebotenen Speisen augenscheinlich viel wertiger und hübscher zurecht gemacht. Außerdem gab es auch einige Variationen, die es im anderen Restaurant nicht gab, wie beispielsweise kleine süße Pfannkuchen.

Sie gingen mit vollen Tellern zurück zu ihrem Tisch, doch Martin schob Isabell eine Reihe weiter, direkt an das Panorama-Fenster. Offensichtlich war der Tisch frei geworden, während sie am Buffet waren. »Hat man mit dir eigentlich immer so viel Glück?«, fragte Isabell fast schon neidisch. »Es heißt ja nicht umsonst ‚das Glück des Tüchtigen'«, antwortete Martin und versicherte ihr, dass er diesmal nicht seine Hände im Spiel gehabt habe. »Manchmal muss man eine Chance auch einfach sehen, wahrnehmen und ergreifen. Dabei hilft es, mit offenen Augen durch die Welt zu laufen.«

Bevor er zu philosophisch werden konnte, trat ein Kellner an den Tisch und fragte nach ihren Getränkewünschen. Da beide Kaffeetrinker waren, bekamen sie eine große Thermoskanne auf den Tisch gestellt. Der Kaffee erwies sich diesmal als ebenso hochwertig wie das Ambiente.

Sie kosteten das leckere Essen, den Logenplatz mit Blick auf das offene Meer und ihre gegenseitige Gesellschaft so lange aus, bis es endgültig Zeit wurde, die Koffer von der Kabine zu holen. »Das war das beste Frühstück seit langem«, betonte Isabell. »Ja, ein krönender Abschluss!«, pflichtete Martin ihr bei und sie gingen eng verbunden die halbrunde Treppe wieder hoch.

Genau in dem Moment, in dem sie ihre Kabinentür öffneten, gab der Kapitän in einer Durchsage bekannt, dass die Ausgänge nach Kiel geöffnet worden waren. »Lass uns noch ein paar Minuten hier warten, bis die anderen Gäste an Land gegangen sind. Dann sparen wir uns das Stehen in der Schlange«, schlug Martin vor. »Ja, gute Idee«, sagte Isabell und sprach mit trauriger Stimme weiter, »ich hasse Abschiede!« – »Das geht wohl fast allen so«, stimmte Martin zu und fragte: »Wie wollen wir es angehen von hier aus?« – Isabell dachte nach, bevor sie sagte: »Wir verabschieden uns gleich hier in der Kabine, dann gehen wir von Bord, wie wir gekommen sind, also nur als Bekannte und in den nächsten Stunden laufen vermutlich unsere Handys über mit Nachrichten. Wir bleiben in Kontakt, ich versuche, dich ständig auf dem Laufenden zu halten. Sobald ich zuhause alles geregelt habe, treffen wir uns wieder, dann sogar offiziell und öffentlich.« – »Oh Mann«, beschwerte sich Martin, »dann kann ich schon wieder nur warten und nichts tun.« – »Nein, das stimmt nicht«, sagte Isabell und nahm seine beiden Hände in ihre, »Ich brauche und erwarte deine moralische Unterstützung, auch, wenn wir uns nicht persönlich treffen.«

Angesichts des nun unvermeidlichen Abschieds standen beiden schon die Tränen in den Augen. Sie umarmten sich, Martin strich ihr einige Haarsträhnen aus dem Gesicht und sie küssten sich zum vorerst letzten Mal. Keiner von beiden wollte den Kuss gerne beenden und so dauerte es einige Minuten, bis Isabell ihren Mut zusammennahm, sich von ihm löste und ihren Koffer zur Kabinentür führte. »Es ist einfacher, wenn wir nicht zusammen von Bord gehen. Ich gehe zuerst. Es tut mir leid, sonst schaffe ich das nicht«, sagte sie unter Tränen, öffnete die Tür und einige Sekunden später war sie verschwunden.

Martin blieb allein zurück und setzte sich auf den Stuhl vor dem Schreibtisch, weil er nicht das von Isabell gemachte Bett entweihen wollte. Er nahm sein Handy und schrieb eine Nachricht an Isabell.

```
Martin: Du fehlst mir jetzt schon so un-
endlich. Ich liebe Dich!
```

```
Isabell: Ich Dich auch! Ich habe ein wenig
Angst vor den nächsten Tagen ohne Dich.
```

```
Martin: Denk einfach daran - wenn Deine
Welt zusammenbricht, in meiner ist noch
Platz für Dich!
```

```
Isabell: Danke für alles! Ich muss jetzt
zum Auto.
```

Um sich abzulenken, nahm er eine Flasche Wasser aus der Minibar, öffnete sie und stellte das Getränk, ohne zu trinken, auf den Tisch. Wenn er jetzt getrunken hätte, würde er damit die letzten Reste von Isabells Geschmack in seinem Mund hinunterspülen. So wartete er fünf Minuten, bevor er trank, die Kabine verließ und die schwere Tür wie zum Abschluss laut ins Schloss fiel.

## Epilog: Echte Liebesgeschichten gehen nie zu Ende

»So wartete er fünf Minuten, bevor er trank, die Kabine verließ und die schwere Tür wie zum Abschluss laut ins Schloss fiel«, las Isabell leise vor und schloss das Buch in ihren faltigen Händen.

Sie saß in ihrem Rollstuhl neben Martins Pflegebett und wie jeden Samstag war er irgendwann vor dem letzten Kapitel eingeschlafen. Nachdenklich, doch nicht traurig, blickte sie auf das Buch in ihren Händen, das auf der Rückseite ein Bild vom Autor mit Ende 50 zeigte. Vorsichtig streichelte sie über das Bild, so, als könnte sie es versehentlich verwischen, wenn sie nicht aufpasste.

Martin hatte diesen Teil ihrer gemeinsamen Lebensgeschichte aufgeschrieben, während er auf sie gewartet hatte. Drei Jahre hatte sie gebraucht, um ihre Ehe halbwegs gesittet zu beenden und ihre Kinder flügge werden zu lassen. Als sie endlich frei war, war er tatsächlich für sie da, holte sie am Ende ihrer Welt ab und sie bauten sich gemeinsam eine neue auf.

Sie schrieben sich in den drei Jahren beinahe täglich, doch sie trafen sich nur selten. Es war für beide schwer erträglich. Es gab auch Tage und vor allem späte Abende, an denen Isabell den Glauben an ein gemeinsames Leben mit Martin verloren hatte. Doch dann schrieben sie sich zwei, drei Nachrichten und ihr war wieder klar, was sie wollte.

Das erste gemeinsame Wochenende verbrachten sie in einem Ferienpark und gingen nur zum Essen oder Einkaufen vor die Tür. Martin überraschte sie mit einem Roman über ihre Oslofahrt und las ihr das ganze Wochenende daraus vor. Sobald sie irgendetwas an seiner Niederschrift auszusetzen hatte, unterbrach er den Vortrag, nahm Zettel und Stift und notierte sich ihre Gedanken, Anmerkungen oder Änderungswünsche.

Anfangs konnte sie sich nicht damit anfreunden, dass er einfach so, ohne sie zu fragen, ihre intimsten Situationen veröffentlichen wollte. Doch je öfter sie das Skript las, desto besser gefiel ihr es; irgendwie tat es gut, dass es wirklich so gelaufen und daran kaum etwas erfunden war.

Sie hatten so viel erlebt, dass es für eine Vielzahl von Romanen gereicht hätte. Ihre Lebensreise hatte sie nun von zwei Einzelkabinen in ein gemeinsames Zimmer im Seniorenheim »Vintage Villa« geführt.

Sie waren schon lange verheiratet, endlich auch miteinander.

Vielen Dank, dass Sie mein Buch gelesen haben!

Besuchen Sie gerne auch die Webseite zum Buch:

**www.silberliebe.de**

Dort können Sie zukünftig*):

- Bewertungen abgeben und lesen
- Weitere Exemplare bestellen
- In einem Quiz über das Buch glänzen
- Fragen an den Autor stellen
- Termine für Lesungen finden
- In Werbeartikeln für Silberliebe stöbern
- KI-generierte Gedichte über Martin und Isabell lesen
- Die Geschichte weitererzählen
- Themenwünsche an den Autor geben

Es grüßt Sie herzlich

Markus Westbrock

---

* Der Webauftritt beginnt zur Veröffentlichung 2024 mit einer einzelnen Seite und wird je nach Anzahl der verkauften Exemplare ausgebaut.